講談社文庫

バードドッグ

木内一裕

講談社

バードドッグ

目次

酔っ払ったまま三十六年の人生を駆け抜けた愛すべきろくでなし、
天才・風間やんわりへ――

バードドッグ

第一章

失踪じゃない

1

　壁のアナログ時計の針は午後四時を指している。矢能政男《やのまさお》は応接セットのソファーに背をもたれ、テーブルの上に足を載せて煙草を吸っていた。

　あと一時間以内に誰かが事務所のドアを開けて入ってくるか、デスクの上の電話が鳴り出さなければ、きょうも客はゼロという結果になる。

　矢能にとってはどうでもいいことだった。ただ、ミニキッチンの脇の椅子に座って栞《しおり》が見張っているせいでまだ飲みに出られないだけの話だ。栞が椅子から起《た》ち上がる気配がした。矢能のほうに近づいてくる。

　矢能が眼を閉じて栞の説教タイムをやり過ごす準備に入ったとき電話のベルが鳴り出した。矢能が眼を向けると栞は小生意気な笑みを矢能に投げてから、クルリと方向を変えてデスクに向かった。

「はい、矢能探偵社です」

しばしの間が開いた。相手は小学生の女の子の応答に戸惑っているのだろう。

「はい、少々お待ちください」

栞がコードレスの受話器を差し出す。矢能は煙草をくわえたまま応えた。

「はい？」

「俺は燦宮会《さんぐうかい》の冨野《とみの》って者《もん》だ。いますぐ本部の事務所に顔出してくれ」

あきらかにヤクザ者《もん》の口の利き方だった。

「寝惚《ねぼ》けてんのか？」

矢能は穏やかに言った。

「用があるならそっちから来い」

そのまま電話を切る。脇に立って不満げな顔をしている栞に受話器を返した。栞が元の場所に受話器を置く前に、また着信のベルが鳴り始める。

「はい、矢能探偵社です。……はい、少々お待ちください」

振り返った栞が差し出す受話器を受け取ると、矢能は不機嫌な声を出した。

「あ？」

「おうマーちゃんか？　元気そうだな」

燦宮会会長の声だった。矢能はテーブルから足を降ろし、ソファーの背もたれから身を起こした。煙草を灰皿に押しつける。

「こりゃあ二木《ふたつぎ》の叔父さん、どうもご無沙汰しております」

「マーちゃん、悪いがいまからこっちに来ちゃあくんねえか？」

「叔父さん、用があるんならそっちから来て下さい」

矢能は真顔でそう言った。

「あ？　年寄りの頼みが聞けねえってのか？」

二木の声が尖《とが》った。

「わかりましたよ。三十分で行きます」

「おう、頼んだぞ」

電話が切れた。

「出かけるんですか？」

受話器を受け取りながら栞が言った。

「ああ」

「お仕事ですか？」

「まだ、わからん」

矢能は微かに肩をすくめた。

栞は今月から小学三年生になった。矢能の娘になって三ヵ月が過ぎている。

だが、まだ矢能のことをお父さんとは呼ばない。矢能自身そう呼ばれることを望んではいなかった。お父さんと呼ばれることに怯《おび》えがあった。どんな顔をすればいいのかわからない。戸籍上の父にはなれても、栞のちゃんとした父親になれるとは到底思えはしなかった。

栞を預かってから一年と四ヵ月。いまだに同居人以上の関係にはなれていない気がする。だが矢能はそれで充分だった。栞が矢能の娘になることを嫌がらなかっただけで満足していた。

事務所を出ると外階段を下りて、一階の駐車スペースに駐《と》めてあるレクサスに乗り込んだ。燦宮会の本部事務所は新宿にある。矢能は車を出すと、中野の駅前を廻って新宿に向かった。携帯を出してリダイヤルを開く。

「はい、工藤《くどう》ちゃんです」

「俺だ。矢能だ」

「これはこれは、お疲れさまでございます」

「急に二木の叔父貴から呼び出しがかかった。お前なんか知らねえか？」

「いや、ウチにゃあなんにも聞こえてきてないっスけど……」

「ならいい」

そのまま電話を切った。


新宿区河田町の裏通りに面した目立たないビルの正面にレクサスを駐めた。

このご時世とあってヤクザの事務所を窺《うかが》わせるような看板やプレートの類《たぐ》いは一切出ていないが、歌舞伎町のホストのような服装《なり》をした若い男が二人表に立っていた。当番の枝の組員だろう。クソ生意気に両手をズボンのポケットに突っ込んでいる。探偵が来るから案内しろ、とでも命じられているのか、胸を反らして値踏みをするような眼つきでレクサスに寄ってくる。

矢能が車を降りるとそいつらの足が止まった。素早く両手がポケットから抜き出される。矢能が無言で一人ずつツラを眺めると、慌てて二人が腰を折って頭を下げた。

「ど、どうぞこちらへ……」

右の野郎がビルの玄関口を掌で示して誘導する。矢能は左の野郎の鼻先にレクサスのキーを突き出した。そいつは憮然とした表情を見せたものの、なにも言わずにキーを受け取った。

直接二階の会議室に向かう。

「失礼します。お見えになりました」

案内の組員の声に中から「おう」と返事があり、すぐに内側からドアが開いた。

矢能が会議室に足を踏み入れると、目の前に厳《いか》つい五十前後の男が立ち塞《ふさ》がり、

「俺ぁさっき電話した冨野だ。あんまり恥かかせねえでもらいてえな」

歯の隙間《すきま》から押し出すような声で囁《ささや》く。矢能はその男を無視して脇を通り過ぎた。

「おうマーちゃん、ご苦労さん」

奥のソファーから二木善治郎《ぜんじろう》が手を振った。しばらくぶりに会った叔父貴は一気に老けたように見えた。もう七十を過ぎた歳のはずだから無理もないのだが。

二木は矢能の渡世上の親である笹川健三《ささがわけんぞう》の兄弟分で、神戸に本拠を置く日本最大のヤクザ組織菱口《ひしぐち》組の直参《じきさん》組長九十四名の中でも、唯一都内に本部事務所を構えている実力者だ。

「笹健の兄貴は変わりねえか？」

二木の正面の馬鹿デカいL字形ソファーには、いずれも四十代から五十代に見える男が三人並んで座っている。そこに先ほどの冨野という男が来て端に腰を下ろした。

「ええ、いまんとこは……」

矢能はそう応えるしかなかった。笹川は半年ほど前に十五年の懲役が確定して収監されている。

「……で、急なお呼び出しとは何事ですか？」

「まあ座れ」

二木は自分の脇の座面を手で叩いた。矢能が腰を下ろすと、

「これが笹健の兄貴の秘蔵っ子の矢能マーちゃんだ」

正面の男たちに向かって言った。そして矢能に、

「理事長の浅木《あさぎ》は知ってるよな？」

右端の男を示して言った。矢能は頷いた。燦宮会のナンバー2で二代目二木組組長である浅木とは面識があった。だがロクに言葉を交わしたことがあるわけでもない。

「こっちは理事の秦《はた》と、間下《ました》と、冨野だ」

順に男たちを紹介された。どいつも冷やかな視線を矢能にぶつけてきた。ヤクザを辞めて探偵をやってるような野郎と同格に扱われることの不満が顔に顕れている。

だが、不満なのは矢能も同様だった。

「……で、俺になんの用です？」

「お前、ウチの佐村《さむら》を知ってるか？　理事の一人で佐村組の組長だ」

「いえ……」

矢能は首を横に振った。名前は知っているが、それを言ったところで意味はない。

「佐村が消えた。一昨日《おとつい》の晩から連絡が取れねえんだ」

「…………」

「お前に捜してもらいてえと思ってな」

「なんで俺なんです？」

「あ？　お前探偵だろう？」

「探偵なら他にいくらでもいるでしょう」

「お前以外にどこの探偵がヤクザ者《もん》捜しなんぞ引き受けるってんだ？」

「自分らでやりゃあいいじゃないですか。俺を巻き込むようなことじゃない」

「まぁ、ちょいと問題があってな……」

二木はそこで一息ついた。

「会長」

理事長の浅木が声を出した。五十代後半で落ち着いた貫禄がある。二木が引退した際には、菱口組の直参となることになんら遜色《そんしょく》のない男のように見えた。

「俺はやっぱり外部の人間に依頼するのは反対です」

矢能のほうは見ずにそう言った。

「じゃあ、どうするんだ？　お前がやるってのか？」

二木の声が尖った。

「そりゃあまぁね、やれと言われりゃやりますがね、ただ、もうちょっと様子を見たほうがいいんじゃあねえかと……」

浅木は平然と言った。二木が眉を顰《ひそ》める。

「お前それ、本気で言ってんのか？」

「冗談に聞こえましたか？」

「様子を見るってなぁどういう意味だ？　あしたんなりゃあ、佐村がひょっこり顔を出すとでも思ってんのか？」

「あり得ないことじゃない」

「佐村がシャブでも喰らってるってのか？」

「まぁ、それはないでしょうがね……」

「じゃあ、どんなケースならあり得るってんです？」

秦という男が言った。いかにも値の張りそうなスーツを着てメタルフレームの眼鏡をかけた気取った野郎だった。

「突然記憶喪失になって街をさまよってるとか、崩落事故に巻き込まれて山奥のトンネルに閉じ込められてるとかですか？」

「世の中、どんなに信じられねえようなことだって起こり得るって言ってんだ」

浅木が苦々しい声を出した。

「俺ぁ理事長の言ってることのほうが信じられねえけどな……」

「秦、いいかげんにしろよ。理事長に嘗《な》めた口きいてんじゃねえよ」

間下という男が言った。日本相撲協会の理事会に出席していても違和感がないような肥った男だった。秦が振り返り、間下と冨野に眼を向ける。

「お前らだってわかってんだろう。佐村は国吉会《くによしかい》にやられたに決まってんだよ」

「たぶんな……」

間下が言った。

「だから理事長《あにき》は、ヤクザくずれの探偵なんぞ雇っても意味はねえって言ってんだ」

「俺が好きでここに座ってるとでも思ってんのか？」

その場の全員の視線が矢能に向けられた。

2

「どうやら俺の出る幕はなさそうだ」

矢能は言った。

「叔父さん、今後は俺を気安く呼びつけんで下さいよ」

そのままソファーから起ち上がる。

「座れ」

二木が言った。

「俺はこいつらの意見なんぞ聞く気はねえ。座れ」

「俺を鉄砲玉にでも使う気ですか？　あんまり安く見られたら怒りますよ」

矢能はすでに怒っていた。

「いいから座れ！」

二木が声を荒らげた。

「悪かったな。辛抱してもう一度座ってくれねえか」

浅木が言った。矢能が渋々腰を下ろすと、

「お前ら、会長《おやじ》が呼んだ客に失礼な態度を取るな」

理事たちに向かってそう言った。間下がバツが悪そうに頷く。

「コラ豪志《たけし》、お前が口答えするから空気が悪くなったんじゃねえのか？」

二木が浅木に険しい眼を向けた。

「申しわけありません」

さして申しわけなくもなさそうに浅木が言った。二木の眼がさらに険しくなる。

「国吉がやったってえ確証があんのか？」

「そりゃあそうでしょう、佐村は中河内《なかごうち》一家の嶋津《しまづ》んとこに乗り込むって言ってたんですよ」

秦が言った。中河内一家は国吉会の二次団体だ。

「だが向こうに問い質《ただ》したわけじゃねえんだろう？」

「は？　ウチがやりましたって言うとでも思ってんですか？」

「じゃあなんだ？　国吉と抗争《ケンカ》するってのか？」

二木が秦を睨み据える。

「ウチも幹部やられて黙ってるわけにゃいかんでしょう?」

冨野が言った。見た目には最も武闘派《イケイケ》のタイプだった。

「お前ら神戸の本家からの通達を忘れたのか? 抗争は厳禁だぞ」

浅木が言った。理事どもは止められるのがわかった上で武闘派ぶっていやがるんだろう。矢能はそう思った。

いまの時代、こうヤクザへの警察の締めつけが厳しくなると、どこの組織も抗争の禁止を打ち出さざるを得ない。抗争によって勢力拡大を図る時代はとうの昔に終わっている。使用者責任で組織のトップが逮捕される世の中では、迂闊《うかつ》に抗争などできるはずがなかった。

「お前らが出ていきゃあ、いずれ国吉と間違いが起きる。だから俺はこいつに探らせるって言ってんだ」

二木が顎で矢能を示した。

「まぁまぁ会長、まずは引き受ける気があるのかどうかを、本人に訊いてみたらどうです?」

そう言ってから浅木は矢能に眼を向けた。

「どうなんだい?」

「俺は理事長さんの意見に賛成ですよ」

矢能は言った。

「ずーっと様子を見てりゃいい」

煙草をくわえて火をつける。浅木の眼が険悪に歪んだ。

「てめえ、嘗めてんのか？」

冨野が腰を浮かせた。矢能はそれを無視して煙を吐き出した。

「嘗めてんのかって訊いてんだッ！」

冨野が勢いよく起ち上がった。

「うるせえなてめえは、文句あんのか暴力団」

矢能は薄笑いを浮かべた。

「座れ、冨野」

二木が言った。厳然たる響きだった。

「…………」

冨野は顔を朱に染めながらも荒々しくソファーに尻をつけた。

「マーちゃん勘違いするなよ。これは組としての依頼じゃねえんだ。こいつらの意見なんぞ関係ねえ。俺個人の頼みとして聞いてくれ」

二木が矢能の顔を覗き込む。

「たとえどうであろうと俺ぁやりませんよ」

矢能は言った。

「ヤクザってもんはいつなにが起きるかわからねえ。どこにいようが、どんな場面だろうが二十四時間いつでも組と連絡取れるようにしとくのが鉄則だ。それをしねえってことは、そいつがヤクザじゃなくなったか死んでるかのどっちかだ。自分の意志で姿を消したんならそんな野郎を捜す意味はねえし、そうじゃねえならもう殺されてる。捜してなんになります？」

「殺されてるなら犯人を見つけ出さなきゃならん」

「それは警察の仕事だ。俺の仕事じゃない」

「死体が出なけりゃ警察は動かん」

「だから俺に死体を見つけろってんですか？　俺は警察犬じゃない」

「会長、こんだけ嫌がってんですからもう諦めたらどうです？」

間下が言った。

「あとのことは我々で相談していきゃあいいじゃないですか」

「てめえは黙ってろ！」

二木が怒鳴り声を上げた。そして矢能に顔を寄せる。

「いいか、よく聞けよ。俺は二月の幹部会で浅木を舎弟に直して新しい理事長に佐村を据える考えを口にした。神戸も代替わりしたし、浅木もそろそろ六十になる。ウチとしても組織の若返りを図るべきだと思ってな」

「…………」

「そしたらいきなり佐村が消えた。これをどう考えりゃいい？」

「だから俺が佐村を殺《や》ったってんですか？」

浅木が呆《あき》れたような笑みを見せた。

「まぁ他にも佐村がいなくなると得をしそうな連中がいるんでな……」

二木は三人の理事を見渡した。

「会長、本気で俺たちを疑ってるんですか？」

秦が笑顔で言った。

「勘弁して下さいよ。ヤクザ映画じゃねえんだから……」

間下がおしぼりで顔を拭いた。冨野は無言のままだった。

「俺は、こんな身内の不細工な話が外に漏れるのが嫌で反対してたんだよ」

浅木が矢能に同情を求めるような顔を向けた。

「わかったかマーちゃん」

二木は真剣だった。

「こりゃあ内輪で調べさせるわけにゃいかねえ問題だ。だから外部のお前に頼んでる。こいつらを相手にそれができるのはお前しかいねえんだ」

「悪いですけど、組の跡目争いに首突っ込む気はありませんよ」

矢能は席を立ってドアに向かった。

「待て！　笹健の兄貴が聞いたらなんて言うか考えてみろ！」

矢能の背中に声が飛んできた。

「笹川《おやじ》なら放っとけって言いますよ」

さらに「待て！」と怒鳴る二木を無視して部屋を出る。ドアの脇に立っていた男が矢能を追って出てきた。矢能に続いて階段を下りながら、

「矢能さん、ちょっといいですか？」

そいつが言った。三十代後半の役者のような二枚目だった。

「なんだお前？」

「佐村組の若頭《かしら》やらせてもらってます、外崎《とざき》です。六本木の工藤ちゃんからよく矢能さんのことは聞かせてもらってます」

「ほう……」

「ちょっとだけ、話聞いてもらえませんか？」

外崎に誘《いざな》われるままに近くのサンマルクカフェに入った。

三階まで上がって喫煙席に落ち着くと、やがて外崎の若衆がコーヒーを運んできてすぐに姿を消した。

「話ってのはなんだ？」

矢能は言った。盗み聞きされてしまうほどの近さの席には誰もいない。

「先ほどの話、どう思いますか？」

外崎は探るような眼をしていた。矢能は煙草に火をつけた。

「さぁな、二木の叔父貴も惚《ぼ》けてきてんじゃねえのか？」

「そうかも知れません。ですがウチの佐村《おやじ》が消えたのは事実ですよ」

「お前、なんか心当たりはねえのか？」

「理事さんたちは国吉がやったって言ってるじゃないですか、中河内一家の嶋津だって。けどね、それ言ってんのあの人らだけなんですよ。俺ら若い者《もん》は佐村《おやじ》からそんなことなに一つ聞いてないんです。可怪《おか》しくないですか？」

「なるほどな……」

「二木のお祖父《じい》さんが言うように、どうもあの理事《おつ》さん連中が嚙《か》んでる気がしてならないんですがね……」

「だがな、真っ先に疑われる奴らがそんなあからさまな真似するか？」

「嘗めてやがるんだと思いますよ。お祖父さんのことも佐村組のことも。国吉の名前さえ出しときゃ強引に押し切れると踏んでやがるんじゃないですかね？」

「そもそも、なんで叔父貴は浅木を理事長から外そうとしたんだ？」

「理事長がお祖父さんに引退を勧めたらしいです。もう歳だし頭ん中が昭和のままの人ですからいまのご時世にゃあ合わんのですよ。本家の代替わりがいい潮時なんじゃねえかってね」

「それでヘソ曲げたってわけか……」

「お祖父さんは死ぬまで現役だってずっと言ってますからね」

「組織の若返りだなんて口にするんなら、真っ先にてめえが引退すんのが筋《すじ》ってもんだろうによ……」

「お祖父さんにゃあ引退するわけにゃいかねえ事情があるんですよ」

「あ？」

「あの人いちヤクザとしては大したもんなんでしょうが、親分としちゃあ褒められたもんじゃないですからね。とにかく子分への当たりがキツいんですよ。ちょっと虫の居所が悪いとすぐ破門だ絶縁だって騒ぐし、ヤキ入れられて障害持ちになった子分もいますしね。子分の資金源《シノギ》取り上げたり子分の情婦《おんな》に手ェつけたりで、まぁかなりの恨みを買ってるらしいです」

「…………」

「引退なんぞした日にゃ途端に子分に仕返しされるって怯えてんじゃないですか？」

「昔はそんな腰の引けた男じゃなかったがな……」

「歳のせいかも知れませんがね。惚けて、被害妄想入ってきてんのかも知れねえし。それと笹健の親分のことも大きいと思いますよ」

「笹川《おやじ》が？」

「ええ、関東では唯一の兄弟分であり、しかも本家の若頭補佐《ほさ》って立場の笹健の親分がいたころにゃお祖父さんも強気でいられたんでしょうがね、その頼りにしてた人がいきなり組を解散して引退して、いまじゃ塀の中ですよ。笹健の親分がいなくなってすっかり弱気になっちまったんじゃないですかね？」

矢能は二木のことが少し哀れに思えてきた。

「佐村ってのは叔父貴とは上手くいってたのか？」

「まぁウチの佐村《おやじ》ともいろいろあったらしいんですけど、燦宮会ナンバー2の地位と引き替えに手ェ打ったたって聞いてます」

「……で、お前これからどうする気だ？」

「やっぱり、佐村《おやじ》は殺されたんですかね？」

「それ以外になにがある？」

組長と名のつく立場のヤクザを攫《さら》って、生かして帰す理由が思い浮かばない。

「俺も頭じゃわかってんですがね、なんかまだピンとこないんですよ」

「だろうな」

「こっちとしても佐村殺《おやじと》られて黙ってすっ込んでるわけにゃいかんのですが、なんせ身内が相手じゃあ、どう動いていいもんやら……」

「たしかに厄介な話だな」

「矢能さん、なんとか二木のお祖父さんの頼み、聞いてもらうわけにゃいかないですか？　矢能さんが突つき回しゃあ場面も変わってくると思うんですがね……」

「俺は貧乏クジ引くつもりはねえよ」

「…………」

「とりあえず、佐村の引退届け出してお前が組を継げ。そして叔父貴に盃《さかずき》下ろしてもらって理事にしてもらえ。あとのことはお前の才覚次第だ」

矢能は席を立った。

「コーヒーごちそうさん」

外崎を残して階段を下りる。

こうなってみると、佐村が消えて一番得をするのは外崎かも知れない。矢能はそう思った。

3

事務所に戻ったのは六時半ごろだった。車を置いて飲みに出ようと思ったのだが、栞はまだ事務所にいた。応接セットのテーブルで、クレヨンで絵を描いている。

「お帰りなさい」

「なんの絵だ？」

「宿題です」

「なんの絵だ？」

人の顔らしきものが描きかけだった。

「最近は両親が揃ってない家庭が多いので、お父さんの絵とかお母さんの絵とかっていう題を出すわけにはいかないらしいです」

「だからなんの絵だ？」

「大切な人っていう題です」

「俺の絵か？」

「亡くなった探偵さんの絵です」

矢能は落胆を顔に出さないように努力した。

「お仕事でしたか？」

「仕事の話だったが断った」

「そうですか」

栞は落胆を隠さなかった。

「悪い奴らの薄汚い話だったんだ」

言いわけなんぞしたくはなかったが、つい口から出てしまっていた。

「じゃあしょうがないですね」

栞は顔を伏せてお絵描きを再開した。


栞と近所のジョナサンで食事をし、生ビールを飲んだ。事務所が入っているビルの六階にある住居用の部屋に栞を送り届けたとき携帯が鳴った。

「工藤でございます」

「なんだ？」

「外崎から話を聞きました。あいつ早速間下って理事から、矢能さんとなに話したんだって探りを入れられたそうですよ」

「そうか」

「外崎はもう一度矢能さんに相談に乗って欲しいって言ってるんですが……」

「お断りだ」

「これ、かなりカネになる話ですよ」

「じゃあお前がやれ」

電話を切った。

「お酒飲みますか？」

栞が言った。見るとダイニングテーブルの上にラップのかかった皿が出してあり、その皿には刺身が盛られていた。

「きょうスーパーでお刺身がおいしそうだったので……」

矢能が出かけたあとで、栞はスーパーに買い物に行っていた。そして矢能のために刺身を買って、パックから皿に移しておいてくれている。小学三年生なのに。

てめえは俺の女房か？　そう言いそうになった。栞は俺に家にいて欲しいのだろうか。俺が外に飲みに出ないように酒のつまみを用意したのだろうか。

一人でいることの多い栞を思った。まぁどうせ栞は十時前には寝る。飲みに出るのはそれからでも遅くはない。

「ああ、ビールをくれ」

栞が冷蔵庫から三五〇mlの缶とグラスを出して持ってきた。

「グラスを冷やすなんて誰に教わった？」

矢能は驚きの声を漏らした。

「この前ごはんを食べに行ったお店で、凍ったグラスを見て嬉しそうにしてたから」

栞は得意げな笑みを浮かべた。

「だけどこれはビールじゃないぞ。発泡酒だ」

栓を開けてグラスに注ぐ。

「えっ、違うんですか!?」

いきなり栞はすごく悲しそうな顔になった。

「まぁ、似たようなもんだ」

矢能はひと息でグラスを干した。だが、矢能としては精一杯の気遣いも効果を表すことはなかった。

「ごめんなさい。六本も買ってしまいました……」

栞は下を向いたままだった。

「いや、初めて飲んだが意外とうまいぞ」

きょうの矢能は頑張った。栞の口元に微かな笑みが浮かぶ。矢能は嬉しくなった。

「お前、どこか行きたいところはないのか？」

「え？」

「動物園でも遊園地でもどこでもいいぞ」

「本気で言ってるんですか？」

栞は信じていない顔をしていた。

「いまのところはな……」

言ったそばから後悔が始まっていた。調子に乗りすぎたと思った。グラスに発泡酒を注ぐ。

きっとディズニーランドとかって言い出すに決まっている。そして、俺の頭に動物キャラクターの耳とかをつけようとしやがるんだろう。絶対に嫌だ。だがそれを拒否する自信が矢能にはなかった。またグラスを呷《あお》った。

「じゃあ、プラネタリウムでもいいですか？」

栞はそう言った。

「ニセモノの星を見るところか？」

矢能の問いに栞は微かな軽蔑の色を浮かべた。

「本物以上の星空が見られるところです」

そのとき矢能の携帯が鳴り出した。登録されていない番号からだった。

「はい？」

「矢能さんか？」

「そうだ」

「先ほどお目にかかった間下だけどね……」

「ああ……」

「勝手に携帯の番号調べさせてもらったが、悪かったか？」

「いや、なんの用だ？」

「あんたとは誤解を解いておきてえと思ってな」

「俺は叔父貴の頼みを断ったんだ。気にする必要はないだろう」

「あんたに無駄足を運ばせたことも含めて詫びに一杯奢《おご》りてえと思ってるんだ。どうかな？」

「…………」

「これから出てこれねえか？」

この肥ったヤクザと酒を飲みたいとは思わなかったが、なぜこいつはこんなに俺のことを気にするんだ？　それが気になっていた。矢能は言った。

「十時過ぎならいつでもいい」

「じゃあ十一時に迎えを遣る」

「いや、必要ない。どこに行けばいいんだ？」


十時半に部屋を出た。指定された場所は神楽坂《かぐらざか》の古びた雑居ビルの七階にあるバーだった。タクシーを降りるとビルの表に身なりのきちんとした若い男が立っていた。

「矢能さんですね？　ご案内します」

男に連れられてエレベーターに乗る。

重厚な木のカウンターと落ち着いた設《しつら》えのボックス席が並ぶ薄暗い店内を抜けて、奥の個室に通された。六畳ほどの部屋を埋め尽くす豪華なソファーには、間下とともに燦宮会ナンバー2の浅木が座っていた。菱口組三次団体の組長が二人だけでここにいるということは、案内役の男を含めてパッと見ヤクザには見えないタイプの若衆が何人か、カウンター席に座ってウーロン茶でも飲んでいるのだろう。

「呼び立ててすまんな。女のいる店のほうが良かったか？」

浅木が笑顔を見せた。矢能は首を横に振って浅木の正面に腰を下ろした。

「なにを飲む？　この店はいいワインを置いてるぜ」

間下が言った。二人の前には赤い液体が入った大ぶりのワイングラスと、値の張りそうなボトルが置いてあった。

こいつらは俗物だ。矢能はそう判断した。

高級ワインを愛し、車を値段で選ぶ。趣味のゴルフは練習より道具にカネをかけ、自宅の居間にはシャンデリアを吊るすような手合だ。地位や肩書を欲しがり、別荘やクルーザーをステイタスだと信じている。

「ウォッカソーダをもらおう」

矢能がそう言うと間下がサイドテーブルの電話を取り上げ注文を伝えた。

「ウチの二木《おやじ》、惚けてんだろ？」

浅木が言った。悲しげな顔に見えた。

「ああ……」

矢能は頷いた。その点に関してだけは異論はなかった。

「もっと早く引退するべきだった」

「だがな、二木《おやじ》がシャンとしてるうちは引退なんか勧められねえし、いざ惚けてくるとこっちの話にゃ耳を貸そうともしやがらねえ。おめえんとこが羨ましいよ」

「………」

ドアが開いて矢能の飲み物が運ばれてきた。だがそれはウォッカリッキーだった。

「ウォッカとソーダだけだ。ライムはいらん」

矢能の言葉にウェイターが怯えた顔をして、

「し、失礼いたしました。すぐに作り直してまいります」

慌てて部屋を出て行った。

「あの野郎、俺たちにはあんなに怯えたりしねえんだぜ」

浅木が苦笑いを浮かべた。間下も頷いて笑みを浮かべる。

「ヤクザを辞めたあんたのほうが俺たちよりもヤクザらしく見えるらしいな」

すぐにウォッカソーダが届いた。ひと口飲んでから矢能は言った。

「そろそろ本題に入ったらどうだ？」

「ああ、……あんた、本当はなんでメシ喰ってんだ？」

間下が言った。意味がわからない。

「本当は、ってのはどういう意味だ？」

「表向きは私立探偵を名乗ってるらしいが、実際ンとこどうなんだっていう意味さ」

「探偵だ」

「おめえが足を洗ったのは偽装だって噂だぜ」

浅木が言った。そんな噂を矢能は知らなかった。

「なんのために？」

「笹健の親分が引退して笹健組を解散したあと、若頭《かしら》だった尾形《おがた》が笹尾組こしらえて直参に取り立てられた。その際おめえは組を離れたが、裏じゃ尾形の肝煎《きもい》りで別動隊を作ってるってえ話だ。元磬政会《きんせいかい》の川久保《かわくぼ》がこさえたヨゴレ集団ぶっ潰したのにも、おめえが一枚嚙んでるらしいじゃねえか」

「くだらねえ」

矢能は吐き捨てた。

「俺のバックにゃ尾形の兄貴がいて、燦宮会の跡目問題に介入しようとでもしてるってのか？」

「おめえの立場をちゃんと知っときたいだけだ」

「じゃあなんで俺は叔父貴の頼みを断ったんだ？」

「俺たちはあんたの判断を尊重してる」

間下が言った。

「だからお互いに、誤解がないようにしときてえだけなんだよ」

「俺の知ったことかよ」

矢能は浅木を見据えて言った。

「たしかに二木の叔父貴は耄碌《もうろく》してる。だがな、いつ引退するのかは叔父貴が決めることだ」

「親に見苦しくねえ引き際を用意すんのも子の務めじゃねえのか？」

「だったら好きにすりゃあいいだろう。俺は、菱口組とも笹尾組とも縁の切れた人間だ。燦宮会の問題をよそで喋るつもりもねえし、これ以上あんたらと関わるつもりもねえ」

「…………」

浅木と間下は無言で顔を見合わせた。

「どうだ？　これで満足か？」

矢能は席を立った。

「尾形は俺より八つも年下で直参だぜ……」

浅木が言った。

「いまさら惚けた二木《おやじ》に跡目から外すなんて言われた俺の立場にもなってみろってんだよ！」

だがとうに矢能はその部屋を出ていた。

4

事務所の奥の小部屋の安物のベッドで目を覚ましたのは昼の一時過ぎだった。昨夜《ゆうべ》は浅木たちと別れてから中野坂上の七十過ぎの夫婦がやっている小料理屋で二時ごろまで飲み、そのあと事務所近くのちっぽけなバーに行った。その店でよく顔を合わせる親爺が広島カープの話ばかりするのにはウンザリしたが、それでも腹を立てることもなく明け方近くまで飲んでいた。

この事務所は前に借りていた探偵が住居としても使っていたために、トイレの脇に狭いシャワーブースがついている。熱いシャワーを浴びながら歯を磨いて、着替えを済ませると通りの向かい側にある中華屋でメシを喰った。

事務所に戻ると電話が鳴っていた。

「矢能探偵社です」

「おはようございます、外崎です」

「まだなんか用か？」

「誠に申しわけないんですが、ちょっとこちらまで足を運んじゃもらえませんか？」

「断る」

「もちろんこちらから伺うのが筋だってことはわかってるんですが、どうしても佐村組《ウチ》の事務所まで来ていただかなきゃならねえ用件でして……」

「だから断ると言ってんだろう」

「あの、昨夜《ゆうべ》浅木理事長と会われたそうですね？」

「ほう、情報が早いな」

「なんて言ってきたんです？」

「くだらねえ話だ。面倒《めんど》くせえからはっきりと俺は無関係だって言ってやった」

「…………」

「だからお前も俺のことは忘れろ」

電話を切った。

テレビをつけると二時間サスペンスの再放送をやっていた。警視庁捜査一課の刑事が管轄外の島根県の殺人事件を勝手に捜査していた。すぐにウトウトしてしまった。

電話のベルで目を覚ました。渋々起ち上がって受話器を取る。

「矢能探偵社です」

「すいません、外崎です」

そのまま電話を切る。

ドラマの事件は解決していた。犯人の女が長々と告白している。回想シーンを見るかぎり最初の殺人事件はどう考えても事故だった。なのになぜわざわざ死体を運んで線路に放置しなければならなかったのか、説明を聞いても全く理解できない。矢能が爪を切っているとドアが開いた。

「ただいまー」

「お帰り」

矢能は辺りに飛び散らせた爪の欠片《かけら》を手近な範囲だけ集めて灰皿に入れた。

「あの、プラネタリウムの件なんですけど……」

栞はランドセルと手提げの布袋をソファーに置きながら言った。

「ああ、いつがいいんだ？」

矢能がそう言ったとき、また電話が鳴り出した。小さく舌を打って起ち上がると、電話に向かおうとした栞を掌で制して受話器を取り上げた。

「いいかげんにしろよ」

「工藤でございます」

「なんだ、お前か」

「外崎の話、聞いてやっちゃあもらえませんか？」

「だからお前がやれって言ったろう」

「へへ、自分にゃあちょっとばかし荷が勝ち過ぎる話でして……」

「俺にだって荷が勝ち過ぎてるよ」

「へへへ、矢能さん、ご自分を安く見積もっちゃいけませんよ」

「お前に俺のなにがわかるんだ？」

「実は中河内一家の嶋津が乗り込んで来るそうです」

「あ？」

「きのうからガンガン電話がかかってきてて、佐村《おやじ》は都合が悪いってずっと応えてたらしいんですが、とうとう相手が痺れ切らしやがってね、きょう五時に行くからそれまでに佐村を呼んどけって怒鳴って電話を切ったそうです。あと一時間で来ちゃうんですよ」

「なんでそれに俺がつき合わなきゃなんねえんだ？」

「ちょっと面白い展開じゃないですか。興味あるでしょ？」

「外崎としちゃあ相手がなんて言ってくんのか聞きたいのはヤマヤマなんですがね、中河内の嶋津と言やぁいずれは国吉会を背負《しょ》って立つと言われてるバリバリですからね、いいように鼻面《はなづら》曳《ひ》き回されちゃ敵《かな》わねえってんで矢能さんに同席して欲しいってことで……」

「なんで俺なんだ？　理事連中に頼みゃあいいだろう」

「だってグルかも知んないじゃないですか」

「知らねえよ」

「外崎はこの先伸びる男ですよ。恩を売っといて損はないと思いますがね。矢能さん探偵始めてからロクに稼いじゃいないんでしょ？」

「大きなお世話だ」

電話を切った。

「悪かったな。で、いつにする？　今度の日曜か？」

「いまのはお仕事の電話ですか？」

ソファーに戻った矢能に栞が言った。

「ああ、断ったのにしつこい奴らだ」

「ないね」

「なぜそんなに断るんですか？」

「やりたくない仕事だからだ」

「やりたい仕事なんてあるんですか？」

「難しい問題だなそれは」

「なぜやりたくないんですか？　危険な仕事なんですか？」

「まぁ、危険ってこともないが関わりたくない連中なんだ」

「じゃあしょうがないですね……」

　栞は肩を落として下を向いた。

「俺が仕事をしてないとそんなに嫌か？」

　矢能は思い切って訊ねてみた。栞はそれには答えず、

「プラネタリウムに行っても、あなたは楽しくないですよね？」

「さぁ、行ってみなけりゃわからんな」

「暗い中でジッとしてたら絶対に寝てしまうと思います」

「お前が楽しければそれでいいんじゃないのか？」

「わたしのために我慢してつき合わせるのは嫌なんです」

「じゃあどうすればいい？」

「一緒に楽しめることがしたいです」

「例えば？」

「あなたはなにをしたら楽しいですか？　お酒を飲む以外に……」

「…………」

俺の人生で楽しいこととはなんだろう？　矢能は考えた。思いついたのは一つだけだった。

栞の喜ぶ顔を見るのは楽しい。

だがそれを口にするのは媚びているようで嫌だった。

「俺が楽しめることを見つけるのは難しいし、お前と一緒に楽しめることを見つけるのはもっと難しいぞ」

「わたしだけが楽しくてもダメなんです」

「お前が喜ぶことに、俺が我慢してつき合っていれば、意外といままで知らなかった楽しさを見つけるかも知れない」

「わたしはあなたが仕事をすると喜びますよ」

「だから我慢して仕事をしろということか？」

「意外といままで知らなかった楽しさを見つけるかも知れませんね」

栞がにっこり笑った。なんだかハメられた気がした。

「おいーす」

いきなりドアが開いて情報屋が入って来た。あいかわらずクスリでもやってんじゃないかと思うくらいゴキゲンな様子だった。還暦を過ぎた歳だとは感じさせないほど肌ツヤがいい。

「よぉシオリン、ご機嫌はいかがかな？」

いつも通りの胡散《うさん》臭い笑顔で言った。

「普通です」

栞もいつも通りに応えた。もうすっかりこの親爺にも慣れてしまったようだ。

「なんか用か？」

矢能の言葉に情報屋は、まるでミュージカルの芝居のように両手を広げた。

「わかってんだろ？　シオリンとデートがしたいんだよっ」

この親爺がロリコンだったらとっくに殺しているところだが、情報屋が栞のことを孫のように見ていることを矢能は知っていた。三回結婚し三回離婚しているこの親爺は、どこかに息子も娘も、おそらく孫もいるらしいのだが、全く連絡を取っていないのだという。

「どうする栞？　嫌なら断ってもいいんだぞ」

「別に嫌じゃないですけど……」

「当たり前だろ、シオリンは俺のことが大好きなんだぜ。なっ？」

最後の部分は栞に向けて情報屋が言った。

「普通です」

栞が言った。情報屋は嬉しそうに顔を皺《しわ》だらけにした。栞の隣に座り込み、

「おう、そういや矢能ッチよぉ、おめえきのう燦宮会の本部に行ったんだってな？」

「どこから聞いてくるんだそんなこと？」

毎度この親爺の情報収集能力には驚かされる。まぁそのほとんどがカネにならない情報なのだろうが。

「なにしに行ったんだよ？　ヤクザに復帰すんのか？」

「しねえよ」

「じゃあなんだよ？　探偵仕事の依頼でもされたか？」

「依頼はされたが断った」

「もしかしてアレか？　浅木の件か？」

「あ？　なんだ浅木の件ってのは？」

「ほら、何日か前のニュースで貧困サポートを謳《うた》ってるＮＰＯに強制捜査が入るって言ってたからよ……」

「ん？　それがなんだ？」

「燦宮会の浅木と言やぁよ、都内の貧困ビジネスの元締めみてえなもんじゃねえか。問題のＮＰＯも浅木がやらせてる団体だ。まぁ、どんだけ調べても浅木の名前は出てこねえんだろうがな……」

「貧困ビジネスってのはアレか？　生活保護の不正受給とかってヤツか？」

「ハハハッ、おめえもヤクザ辞めてからすっかり浦島太郎だな。いまどきの遣り口ってのは受給そのものは不正じゃねえんだが、その生活保護費が貧乏人じゃなくヤクザの懐に流れ込んでるってえヤツだ。昔の不正受給やエセ同和なんてのは、国や自治体を喰い物にしてたんだが、いまは本物の貧乏人を喰い物にしてるってわけだ」

「…………」

「この十年で、国が出す生活保護費は2.5兆から3.8兆に、一兆三千億円も増えてんだ。たった十年でだぜ。まぁ高齢者の増加のせいだとか、震災の影響だとか言われちゃあいるがな、その大半はヤクザがシステマチックに貧困ビジネスをやり出したせいだと俺ぁ睨んでるね」

浅木の野郎は、貧乏人から搾《しぼ》り取ったカネで高級なワインを飲んでやがったのか。矢能の奥歯がギリッと音を立てた。

その直後にまた電話が鳴り出した。栞が素早く起って電話に向かった。

「はい、矢能探偵社です。……はい、少々お待ちください」

振り返って矢能に受話器を差し出す。矢能は無言のままだった。誰からなのか察しはついている。

「外崎です。工藤ちゃんからお聞きになったと思いますが……」

思った通りだった。怒鳴りつけたい衝動をぐっと堪《こら》えた。

「お前は俺に甘えてんのか？　それとも仕事の依頼のつもりなのか？」

「も、もちろんビジネスとして受けていただければと……」

「…………」

栞の目の前で仕事を断る勇気は湧いてこなかった。

「同席するだけでいいんだな？」

「え、ええ。えっ？　来ていただけるんですか？」

「お前んとこの事務所はどこなんだ？」

「実は、もう矢能さんの事務所の下に迎えの車を待機させてありまして……」

「わかった。すぐ行く」

受話器を置いて栞を振り返る。

「仕事で出かける」

矢能はそう言った。

5

笹塚にある佐村組の事務所に着いて奥の応接室に通されると、国吉会三代目中河内一家嶋津組の組長、嶋津昌久《まさひさ》はすでにそこにいた。

嶋津とソファーで向かい合って座っていた外崎が素早く起ち上がると、「ご苦労様です」と矢能に頭を下げる。

「ん？　こちらは？」

嶋津が声を出した。五十前ぐらいに見える押し出しのいい男だ。その背後にボディガードと思われる柔道部出身らしき耳の潰れた大男が警戒心剝き出しで立っている。

「こちらは笹健の親分の側近だった矢能さんです。実は……」

外崎は言葉を選んでいた。

「佐村《おやじ》はいま、ちょいとマズいことになってましてね。代わりにそちらの話を聞いておいてくれと矢能さんに頼んだんだそうで……」

矢能は無言で外崎の隣に腰を下ろした。

「じゃあなにか？　この件は佐村組や燦宮会だけじゃなくて、笹尾組も嚙んでるってことか？」

嶋津が矢能に厳しい眼を向ける。

「笹尾組も燦宮会も無関係です。佐村組もです。これは佐村個人《おやじ》の問題でして……」

外崎が応えた。嶋津は訝《いぶか》るように眉を顰《ひそ》めた。

「あ？　どういうことだ？」

「実は、私もなんにも聞かされてないんですよ。まずは、そちらの言い分ってえのを聞かせてもらえませんか？」

「なんだよそりゃあ、嚙みついてきたのは佐村のほうだぞ」

「と言うと？」

「ウチが新日本首都開発と組んで進めてる、汐留《しおどめ》の土地の件に横槍を入れてきやがったんだよ」

「佐村《おやじ》が？」

今度は外崎が眉を顰めた。

「土地の一部の売買契約に疑義があるとか吐《ぬ》かしやがってよ、弁護士を連れて会いに行くから時間を空けろって言ってきやがった」

嶋津は苦々しげに吐き捨てた。

「だが、そのあとは梨《なし》の礫《つぶて》だ。こっちから連絡入れたって繋がりゃしねえ。そしたらきょうになって、その土地の相続権者の一人が売却には合意してない旨の内容証明を送りつけてきやがった。ふざけるなって話だろう？」

「きょう？」

外崎が声を漏らした。

「佐村《おやじ》から最初に連絡が入ったのはいつです？」

「四日前だ」

「いままでに佐村《おやじ》と会ったことは？」

「ねえよ。一度も会ったこともねえ唐変木《とうへんぼく》が、いきなり剣突《けんつく》かましてきやがったから頭にきてんだこっちゃあよぉ……」

「…………」

「おい、佐村は俺に喧嘩売ってやがんのか？　だったらきっちり勝負してやるぞ」

静かな声だった。だがその言葉には力があった。嶋津と外崎の貫禄の差はあきらかだった。

「どうすんだ？　え？」

「…………」

外崎は言葉を失っていた。

「わかった。この件からは完全に手を引かせる」

矢能が言った。嶋津が矢能に眼を向ける。

「あ？」

「佐村は二度と口を出さない。まだ文句あるか？」

「ほう？　あんたが責任を負うってんだな？」

嶋津が矢能を見据えて言った。

「責任は俺が取りますよ。もしなにか間違いがあったらこの首差し上げます」

外崎が手刀《てがたな》で自分の首を叩いた。嶋津が外崎の眼を覗き込む。

「おい、佐村は生きてんのか？」

「…………」

返事に窮した外崎が矢能に眼を遣った。

「警察《サツ》とマズいことになってて身柄《ガラ》を躱《かわ》してる。はっきり言って、あんたを齧《かじ》ってる余裕はない」

矢能が言った。嶋津は微かな笑みを浮かべた。

「まぁ、そういうことにしとこう」

「その内容証明はこっちで処理します。ウチ宛に送ってもらえますか？」

外崎が言った。

「わかった。まぁすっきり話がついてよかったよ」

嶋津が起ち上がる。矢能に眼を向け、

「なんか俺で役に立つことがあったら声かけてくれ」

矢能が頷くとボディガードを連れて部屋を出て行った。外崎が見送りに席を立つ。

矢能は煙草に火をつけた。嶋津の様子に嘘はないと思っていた。

「いやぁ、ありがとうございました。助かりました」

戻ってきた外崎が言った。先ほどまで嶋津がいた場所に腰を下ろす。

「で、ありゃあどういうことですかね？」

「偽装くせえな」

矢能は応えた。

「ですよね？　あんな話が俺の耳に入ってねえなんてあり得ませんよ」

「なのに理事連中の耳には入ってるってのもな……」

「やっぱりあの理事《おっ》さん連中が仕組みやがったんですね」

「ああ、間違いない」

「連中全員がグルなんですかね？」

「浅木と間下はつるんでる。秦はどっちとも取れる。仕掛けたのはこの三人の誰かだ。おそらく冨野は蚊帳《かや》の外だろう」

「そうですね。はっきり言って冨野って人は理事の器じゃないですよ。二木のお祖父さんの罪引っ被って長い懲役《つとめ》に行ってたんで、去年戻ってきたときお祖父さんが理事に引き上げたんですが、刑務所《ムショ》ボケですからね、世の中とズレてんですよ。ウチの佐村《おやじ》も反対してました」

「…………」

「その辺りからですね、理事連中がお祖父さんを引退させようとし出したのは……」

「じゃあ二木の叔父貴の味方は冨野だけってことか……」

「いやぁ、それでもまだ組の処遇に不満持ってるらしいですから、味方ってわけでもなさそうですよ。なんかどっちつかずって感じでね。ふざけんなってなもんですよ。その煽《あお》りで理事外された人もいるってのに……」

「理事を外された？」

「ええ、澤地って人なんですけど、これといった落ち度もねえのに冨野のオッさんと入れ替わりに理事を外されちまってね。佐村《おやじ》とは一番考えの近い人だったんですが、腹立ててお祖父さんに盃《さかずき》突っ返して燦宮会を離れました」

「ほう」

「まぁ、今回の嶋津の件を冨野が絵ェ描いたとは思えねえし、おおかた浅木のラインだと踏んで間違いはねえと思いますがね……」

「佐村は浅木になんか仕掛けたりはしてなかったのか？」

「さぁ、力を削《そ》ぎたいぐらいは考えてたでしょうが、具体的なことは別に……」

「浅木の貧困ビジネスに手ェ突っ込んだりは？」

「えっ？　なんかそんな情報があるんですか？」

「いや、タイミングが気になっただけだ」

「タイミング？」

「浅木のNPOの問題と絡みがあるのかどうかってことだ」

「なるほど……、でもね、やっぱり佐村《おやじ》がなんかしてたんなら俺に内緒でってこたぁねえと思うんですがね……」

「そうか」

「あの、これからどう動けばいいですかね？」

「俺はなんでも知ってるぞって顔してろ。それで周囲《まわり》の奴らの眼をよぉく見ろ。そうすりゃ相手のほうから動いてくる」

「はぁ……」

「じゃあ俺の仕事はここまでだ」

矢能は煙草を消して起ち上がった。

「え？　もうお終《しま》いですか？」

「これでも働き過ぎだ。同席するだけの約束だったんだからな」

「あの、やっぱり矢能さんは頼りになります。どうかこの先も、佐村《おやじ》の敵《かたき》を取るのに手ェ貸してもらうわけにゃいかないですかね？」

「断る」

栞の前でなければ仕事を断るのは平気だった。

「な、なんでです？　報酬ならはずまさせてもらいますよ」

「探偵ってのは普通ヤクザのトラブルなんざ引き受けねえ」

「ヘッ、矢能さんは普通の探偵じゃないじゃないですか」

「普通になろうと努力してるところだ」

「ま、気が変わってくださるのを期待してますよ」

きょうの報酬については後日請求書を送ることにして矢能は応接室を出た。

「じゃあさっきの車で送らせます」

外崎が言った。

「いや、必要ない。このまま飲みに出る」

「あ、だったらご一緒させてもらえませんか？　お近づきのしるしに、ぜひ一献差し上げたいんですがね……」

「断る」

そう言って矢能が出入り口のドアに向かうと、ガラスのドアの手前に女が一人立っていた。

三十くらいの割と器量のいい女だ。だがここの事務所にはおよそ似つかわしくない真面目そうな女だった。おそらくヤクザの事務所だとは知らずにいるのだろう。

「なんだあれ？」

外崎が近くにいた組員に声をかける。

「いやぁ、佐村さんに会わせて下さいの一点張りでね、いねえっつってんのにしつこくって帰らねえんですよ」

組員の言葉に頷くと、外崎が女に歩み寄った。

「あの、どういったご用件でしょう？」

「あ、あなたが佐村さんですか？」

女が言った。

「いえ、佐村は不在です。よかったら私が代わりにお話伺いますが？」

「佐村さんに直接でなければお話しできません。あの、なんとか佐村さんと連絡取っていただけないでしょうか？」

女は思いつめた顔をしていた。

「急用ですか？」

「ええ、急用です。すぐに佐村さんにお目にかからなければならないんです」

「実は、佐村はいま海外に行ってましてね、なかなか連絡も取れない状況なんです。佐村のほうから連絡がありましたら、あなたのことは必ずお伝えしておきますんで、きょうのところは引き上げられたらいかがです？」

「…………」

女は諦めきれないようだった。

「あのね、ここにいつまでいたって、なにもいいことはありませんよ」

外崎の声に苛立ちが混じってきた。

「失礼ですが……」

矢能が声をかけた。

「なにかお困りのことがあるなら力になりますよ」

名刺を差し出す。栞の手前、新しい仕事を見つけておくのも悪くない。

「え？　探偵さん、ですか？」

女が名刺を受け取ると、矢能はそのままドアを開けて外に出た。

雨が降り出していた。

6

「そろそろ髪の毛切ったほうがよくないですか？」

栞が言った。事務所のソファーで算数の宿題をしている。

「ああ、そうだな」

矢能は本に眼を落としたまま応えた。探偵稼業を始めてから暇な時間が増えたせいで本を読むことが多くなった。時代小説か、海外ミステリーか、ノンフィクションを読む。いま読んでいるのは刑務所を脱獄したまま別人として結婚をし、子供も儲け、会社の社長にまでなった男の手記だ。

「あの、……わたしが行ってる美容室のおねえさんに切ってもらったらどうですか？きっとカッコよくしてくれると思いますよ」

そのおねえさんがなにかと栞によくしてくれることは聞いていた。

「いや、いつもの駅前の床屋でいい」

「そんなにその床屋さんが気に入ってるんですか？」

「気に入ってはいない。ジジイが一人でやってる店で、どう考えたって腕がいいとは思えない」

「じゃあなんでそこに行くんですか？」

「うるさく喋りかけてこないからだ」

「もしかして、本を読んでるときに喋りかけるな、って言ってます？」

「いや……」

矢能は本を閉じた。

「お前だけは特別に許す」

栞がにっこりと笑った。

「そのおねえさんはきっと腕がいいと思いますよ。前の探偵さんの髪も切ってたそうです。一度だけだけど……」

そうか、あの探偵が栞を預けに来たとき、やけに小《こ》ジャレた頭をしてやがると感じたのはそういうことだったのか。矢能は少しそのおねえさんに興味が湧いてきた。

「うるさく喋りかけてくるんだろ？」

「喋りかけてくるかも知れないけど、話をしたくなりますよ」

「なぜ?」

「なんか、すごくいい感じなんですよ」

「なにが?」

「なんて言うか、雰囲気が……」

「そう言われる女は大抵が不細工だ」

「いま行ってる床屋のジジイよりは可愛いと思います」

矢能はつい笑ってしまった。そのときドアが開く音がして女が一人入ってきた。

「あ、ご依頼のかたですか?」

栞が弾んだ声とともに起ち上がる。その女は、探偵事務所と小学生の女の子の取り合わせに戸惑っていた。きのう名刺を渡した女だった。

「ああ、あんたか」

矢能が声をかけると、女は不安げな顔で頭を下げた。

「あの、こちらへどうぞ」

手早く宿題のプリントや筆記具を片づけた栞がソファーを勧める。女は黙ったままソファーに腰を下ろした。

「急いでるようだったから、すぐに連絡してくるかと思ってたが……」

矢能が言った。

「決心するのに一晩必要だったらしい」

「あの、ちょっと、あまりにも恐そうな感じだったので……」

女は下を向いたままで言った。

「なにが？」

「あなたの、その……、雰囲気が……」

「そう言われる男は大抵、顔が恐いんですよね」

栞が言った。小生意気な笑みを矢能に投げてくる。矢能はそれを無視した。

「で？　どういったトラブルなんです？」

「あの、佐村さんとはお知り合いなんですか？」

ためらいがちに女が言った。

「いや、面識はない。だがまるで知らないというわけでもない」

「佐村さんと会うことはできないんでしょうか？」

「無理だ」

「海外に行かれてるということでしたけど、いつごろ戻られるんでしょう？」

「わからない」

「どなたにお訊ねすれば わかりますか?」

「誰にもわからない」

「…………」

「まずは、なぜ佐村に会う必要があるのか、そこから伺おう」

「もしかして、佐村さんも行方不明なんですか?」

「も?」

「やっぱり、そうなんですね?」

女の声が震えた。

「他に、誰が行方不明なんだ?」

「わたしの、妹です……」

女は織本未華子《おりもとみかこ》と名乗った。三十二歳。大手住宅メーカー勤務。未婚。六歳下の妹の美咲《みさき》とは三日前にメールの遣り取りをしたきり連絡が取れなくなっているという。

三日前といえば、佐村が消えたとされる日の翌日だった。

「で、佐村との関係は?」

「おつき合いをしていたようです」

佐村はもう五十に近い歳のはずだ。佐村が結婚しているのかどうかは知らないが、入籍せぬまま事実婚として家庭を持っているヤクザも多い。美咲は若い愛人といったところなのだろう。

「きのう佐村の事務所で、佐村に直接でなければ話せないと言ってたのはなぜだ？」

「あの、実は、妹は結婚しているんです」

「ほう」

どうやら単なる愛人ではなさそうだ。

「それが、先週妹に知らない人からのメールがきて、佐村さんとの不倫を旦那さんにバラすと脅されたそうなんです」

「…………」

「三日前に今度は金銭を要求するメールが届いたと知らせてきて、わたしが佐村さんには相談したのかと訊ねると、連絡が取れないと返信があって、それきりなんです」

きのうになって妹の旦那の早川次晴《はやかわつぎはる》から「美咲が戻らない。なにか知らないか」と連絡があった。以前美咲から「佐村さんは笹塚で不動産関係の会社を経営している人だ」と聞いていたのでインターネットで調べて電話を入れたが、不在だとしか応えてくれないので思い切って事務所を訪ねてみたのだという。

「でも、もしかすると脅迫してきた相手は、佐村さんの周囲にいる人物かも知れないと思ったので、本人以外には話すわけにはいかないと……」

面倒くさい話になってきたな。矢能はそう思った。

「妹さんの旦那は警察に届けるのか？」

「たぶん……。もう届けているかも知れません」

「だが旦那は嫁の浮気を知らない。脅されていたことも知らない。佐村の存在も知らない。そうだな？」

「ええ」

「じゃあ警察は動かない。夫婦間に問題がなかったかどうかを訊ねて、失踪人名簿に名前を載せるだけだ。消えたのが未成年なら誘拐の線を疑うだろうが、二十六の人妻ならそれは家出だ」

「…………」

「まぁ余程の資産家の嫁というなら話は別だが」

「いえ、美咲のご主人は公務員です。練馬区役所に勤務しています」

「佐村とつき合い出したのは？」

「わたしが最初に聞いたのは二ヵ月ほど前ですが、詳しいことはあまり……」

「それを聞いたとき、あんたどう思った？」

「え？　どうって……」

「別に驚きはしなかったということか」

「ああ、そうですね、美咲は昔から、恋多き女、って言うんですかね、そういう感じだったので、逆に二年前急に普通の人と結婚したときのほうが驚いたくらいで……」

「それまでは普通じゃない奴とつき合ってたってことか？」

「わたしが知っているのは金髪で鼻にピアスをしていたり、坊主頭で肩にタトゥーが入ってたりするような人たちで……」

「結婚してからいままでに、他にも浮気を？」

「さぁ、あったのかも知れませんが、わたしにはなにも……」

「夫婦仲は？」

「普通、……だったと思います」

「子供は？」

「いません」

「どこで佐村と知り合ったのかは聞いてないのか？」

「ええ」

「他になにか変わったことはなかったか？　佐村の件以外に……」

織本未華子は首を横に振った。

「あの、妹が佐村さんと、駆け落ちした、というようなことはあるんでしょうか？」

佐村はすでに死んでいるだろうとは言わなかった。まだ依頼を受けたわけではないからだ。

「もしそうなら、妹が家庭を捨てる決心をしたのなら、見つけて連れ戻してもしょうがない気がするんですが……」

「それはあり得ない」

「どうしてですか？」

「佐村はそういう男ではないからだ」

全てを捨てて、人妻と駆け落ちをするヤクザなんて聞いたことがない。ましてもうじき燦宮会のナンバー2になれるはずだった男が。

「でも、恋は人を変えるってよく言いますよ」

「そう考えれば気持ちが楽になるのかも知れないが、あんたも本当はわかってるんだろう？　もし駆け落ちしたのなら、あんたとまで連絡を断つ理由がない」

「…………」

彼女は下を向いたまま押し黙った。

栞が運んできたコーヒーを二人の前に置いて下がるのを待って矢能は言った。

「まずは俺に調査を依頼する気があるのかどうかをはっきりしてもらおう」

「……あの、料金はどれくらいなんでしょうか？」

「着手金が十万。俺の日当は二万。プラス必要経費。依頼を果たせた場合は成功報酬をもらう」

「成功報酬というのはお幾らぐらい……？」

「それはあんたがどこまで知りたいかによる」

「…………」

「嫌ならやめておけ。たとえ俺に依頼したところでいい話はなに一つ出てこない」

「あの、探偵さんに依頼すべきことなのかどうか判断がつかないんです。警察に相談すべきなんじゃないかって……」

「そうしたければすればいい。普通なら大人が一人姿を消しても、警察は家出人扱いするだけでなにもしちゃくれないが、不倫している人妻が突然消えた、となれば話は別だ。そのうえ何者かに脅迫されていたとなると、事件性が高いと見て捜査を始めるだろう」

矢能はこのまま引き受けずに済ませたかった。依頼をしない理由を探し続けている
この女に自分を売り込もうとは思っていない。しかもようやく断った佐村捜しをやら
されるハメになりかねなかった。不自然にならないように栞に眼を遣った。栞と眼が
合った。その眼は仕事を断るなと言っていた。矢能は小さくため息をついた。

「だが、警察は佐村を捜すだけでなにも摑めはしない。佐村は見つからないからだ」

「なぜ、そう言い切れるんですか？」

「佐村はそういう男だ」

彼女は訝しげな眼で矢能を見た。

「警察が摑めないことを、あなたなら摑めると仰しゃってるんですか？」

「俺のことが信用できないのなら、他の探偵を当たって同じ話をもう一度してみれば
いい。どこの探偵も絶対にこの件は引き受けない」

「なぜですか？」

「佐村がヤクザの組長だからだ」

「えっ？」

「きのうあんたが行った、なんたらエステートという会社は佐村組の事務所だ」

「…………」

「基本探偵は、ヤクザ絡みの仕事は受けない」

「では、なぜあなたは違うんですか？」

「無理に勧めはしない。高いカネを払って知りたくもなかった事実を知ることになるか、それとも奇跡に賭けて、ひょっこり妹が帰ってくるのを気長に待つかはあんたが決めることだ」

「あの、やはり妹は、……美咲と佐村さんは、脅迫してきた人間に連れ去られたんでしょうか？」

「それはない」

「え？ 違うんですか？」

「不倫をネタに主婦を強請《ゆす》るような奴は、相手がヤクザだと知った瞬間に手を引く。リスクがデカすぎるからな。ましてやヤクザを攫《さら》うような真似をするわけがない」

「じゃあ、美咲の失踪と脅迫は無関係だと仰しゃるんですか？」

「そもそも脅迫者が存在するのかどうかも疑わしい」

「妹が、嘘をついてたって言うんですか？」

「妹さんは、そう信じ込まされてただけなのかも知れない」

「……なぜそう思うんですか？」

「勘だ」

「勘、ですか？」

呆れたような顔で彼女は言った。

「経験によって培《つちか》われた勘だ。長年悪党ばかり見てると、大抵の悪巧《わるだく》みの筋書きには馴染《なじ》みがあってな。だが、今回の件でその部分にだけは違和感がある」

「…………」

「ヤクザ以外にヤクザを攫う奴なんかいない。今回の件は、ヤクザ側の事情で起きたものだと俺は睨んでる」

「妹はそれに巻き込まれたということですか？」

「おそらくな」

「美咲はもう、死んでるかも知れないと？」

「どんな可能性だってある」

「…………」

彼女は俯《うつむ》いたまま、自分の指先を見詰め続けていた。

「まぁゆっくり考えてみればいい。断りの電話は要らない」

矢能は起ち上がった。彼女はこれで帰るだろうと思っていた。

そして連絡は二度とないだろうと。栞のためにやるべきことはやった。あとは彼女の判断であって俺のせいじゃない。

だが彼女は起ち上がらなかった。

「依頼します。何日お願いするかは状況を見て相談させて下さい」

矢能の眼を真っ直ぐに見て言った。

「わかった。引き受けよう」

矢能はソファーに尻をつけた。

きっと栞はニコニコしてやがるんだろう。そう思った。

第二章

調査とは言えない

1

「はい外崎」

ヤクザ者《もん》らしい物言いだった。

「俺だ。矢能だ」

「あ、どうもお疲れ様です」

「お前に言われてた件なんだがな」

「もしかして、考え直してくれましたか？」

「ああ、着手金は百万だ」

「ありがとうございます。二木のお祖父《じい》さんも喜びますよ」

「叔父貴の頼みは断った。お前の依頼を受けると言ってるんだ」

「え？　でも同じことじゃないですか」

「俺にとっては違う」

「まぁ矢能さんがそう言うなら……。とにかく、すぐにそちらに伺います」

「いや、こっちから行く」

「晩メシまだですよね？　どうです、メシでも喰いながらってのは？」

栞との夕食はすでに済ませていた。

「必要ない。笹塚の事務所でいいか？」

「はい。じゃあお願いします」

電話を切る。矢能はタクシーで笹塚に向かった。


「さぁ、どこから手ェつけますかね？」

応接室で向かい合うと、嬉々とした表情で外崎が言った。

「早川美咲を知ってるか？」

矢能は言った。

「佐村の女だ」

「え？　いや、聞いたことないです」

「この女だ」

携帯を開いて写真を見せる。

　織本未華子の携帯に保存してあった美咲の写真を、矢能の携帯に送らせたものだ。姉とは違って派手な印象のなかなかの美人だった。

「見た覚えはないですね」

　外崎の反応に嘘はないように思えた。

「矢能さん、どこで仕入れたんですこんな情報？」

「きのうここに来てた女がいただろう。あの女の妹だ。三日前から行方不明だ」

「えっ⁉」

「人妻だ。佐村とは二ヵ月以上はつき合ってる」

「あれ？　もしかして、あの女の依頼を引き受けたんですか？　そんでどのみち同じことやるんなら、こっちからもカネを引っ張ろうってことですか？」

　図星だった。

「いや、依頼はされなかった」

　矢能は嘘をついた。

「俺には佐村と連絡を取る方法はないかと訊いてきただけだ。無理だと言うと、あの女は警察に届けると言い出した。俺は、なにかわかったら知らせるからと言って思い留まらせた」

「はぁ」

「佐村が人妻を拉致・監禁したなんてサツに勘繰られたら厄介なことになるぞ。サツが動き出したんで佐村は身を隠した、なんて話にされたらお前ら大変だろう？」

「た、たしかに……！」

外崎は素直な男だった。こいつは人に愛されるタイプだな。矢能はそう思った。

「お蔭で俺はやりたくもない仕事をやるハメになった」

「お気遣いいただきましてありがとうございます。恩に着ます」

外崎が深々と頭を下げた。矢能はちょっと悪いことをしたような気がした。

「で、お前以外に佐村の女を知ってそうな奴はいないか？」

「佐村《おやじ》の運転手ならなんか知ってるでしょう。呼んでみます」

外崎は部屋を出て行った。そして十秒ほどで戻ってきた。

「佐村は一人で動くこともあったのか？」

矢能が訊ねる。

「そうですねえ、いまどきのヤクザはヤクザの臭《にお》い消すのも仕事のウチですからね。ガラの悪い若い者《もん》なんぞ連れずに一人でタクシー移動ってのも珍しかぁないですよ」

外崎は言った。

「じゃあお前らの知らない行動をしてた可能性はあるわけだな」

「そりゃそうですが、なんのために俺らに内緒にしなきゃならねえんです？」

ノックの音がしてドアが開いた。若い組員がコーヒーとおしぼりを運んできた。

「十五分で来るそうです」

外崎が頷く。佐村の運転手のことだろう。矢能は煙草に火をつけた。

「俺は佐村が消えたときの話をしてるんだ」

「あっ、そうでしたっ。佐村一人《おやじ》で行動してたんですよ！」

外崎によると佐村靖光《やすみつ》は四日前、燦宮会の本部を出たまま行方がわからなくなっている。車で待機していた運転手の谷繁《たにしげ》に「ちょっと行くとこがある。お前はタクシーで帰れ」と言って一万円札を渡して、そのまま車で走り去った。それが最後だった。乗っていたベンツもまだ発見されていない。

「行き先は誰も聞いてないんだな？」

「ええ」

「よくあることなのか？」

「いや、俺にはちょっと……、谷繁が来たらそれも訊いてみましょう」

「佐村の家族は？」

「姐《あね》さんと、娘が一人います。まだ小学生です」

「カミさんもなにも知らないんだな」

「ええ、そう聞いてます」

「夫婦仲は？」

「さぁ、どうなんですかね？　あんまり出しゃばるタイプの姐さんじゃないですし、佐村《おやじ》もそういう話はしない人でしたから……」

「佐村の女関係は？」

「最近はとんと聞いてないですね。まぁ佐村《おやじ》も五十に近づいて、弱くなっちまったのか、なんて思ってたんですがね……」

「佐村ってのはどういう男だ？」

「いい親分だと思いますよ。面倒見はいいし、嘘つかねえし、ゼニにも汚くねえし。なんせこの業界、二木のお祖父さんじゃないですけどひでえ話だらけですからね」

「ここ数ヵ月でなにか変化は？」

「いいえ。お祖父さんから理事長にって話が出て、なにかと考え込んだりはしてましたが……」

　どうもしっくりこない。矢能はそう感じていた。

その後の二木や浅木、他の理事たちの動向を訊ねる。これといった変化はないようだ。外崎に問われて織本未華子から聞いた話を伝えたが、脅迫があった点については伏せておいた。

「その女が佐村《おやじ》を殺して逃げてるんじゃないでしょうね？」

外崎が言った。その可能性だって否定はできない。だが、女一人で死体を隠すことは困難だし、燦宮会内部の問題が無関係だとは考え難い。

そのときノックの音がして若い男が入ってきた。それが谷繁だった。二十代半ばに見える割に額がやけに広い、小柄な男だった。

「この女を知ってるか？」

矢能は携帯の写真を見せた。

「ああ、見たことありますね。どこでだったかな……？」

谷繁は考え込む顔つきになった。

「あ？　佐村《おやじ》の女じゃねえのか？」

外崎が言った。

「そうだ、この女、六本木のクラブのホステスですよ」

確信に満ちて谷繁が言った。

「ここです」

谷繁が言った。六本木交差点からほど近い、外苑東《がいえんひがし》通りから一筋入った細い通りに面したクラブやバーが数多く入居する雑居ビルの前にBMWを停めていた。

「すいません、やっぱ店の名前は思い出せません。シャとかシュとかって感じだったと思うんですけど……。俺はいつもここまで送ってきて、そんで呼ばれたらここまで迎えにくるってばっかだったもんで……」

外崎から、谷繁とBMWを手足として使ってくれと言われている。

「写真の女はここでいつも佐村《おやじ》さんを見送りに出てきてたホステスたちの一人です。間違いありません」

「わかった」

矢能は助手席から降りると、ビルの入り口に掲げてある店舗標示板を眺めた。七階に〈ショルテッツァ〉という名の店が入っていた。エレベーターで七階に上がる。

「いらっしゃいませ」

と頭を下げた黒服に、

「支配人なり店長なりを呼んでくれ」

矢能は言った。一礼すると黒服は小走りに奥へ向かった。

「お待たせいたしました。支配人でございます」

四十ぐらいの男が出てきた。矢能は携帯の写真を見せた。

「この女が働いてるはずだが」

「ああ、あさみさんですね。ひと月ほど前まではウチにいましたよ」

「辞めた理由は？」

「さぁ、よその店に移ったんじゃないですかね？　ロクに客も持ってなかったですし、わざわざ訊くほどのことでもないものですから」

「燦宮会の佐村はよく来てたのか？」

「燦宮会？　あの、ネオシティエステートの佐村社長でしたら、ときどきお越しいただいておりますが……」

「それだ。その佐村とこの女はデキてたんだろ？」

「え？」

支配人は驚いた顔をして、それから笑顔になった。

「まさか、そんな……」

「違うのか？」

「そりゃあそうですよ。同伴やアフターもありませんでしたし、そもそも佐村様からご指名もいただいてないんですから」

「あ？」

「佐村社長はいつも雪乃《ゆきの》さんご指名で、あさみさんは雪乃さんのヘルプについていただけなんですよ」

「じゃあその、雪乃ってのを呼んでくれ」

「それが……」

支配人の顔が曇った。

「三日ほど前から無断欠勤しておりまして、連絡がつかないんです」

面倒《めんど》くせえ。矢能はそう思った。

2

「おい、佐村が行ってた〈ショルテッツァ〉って店の雪乃って女を知ってるか？」

　ＢＭＷに戻ると谷繁に言った。

「早川美咲はあさみって名で働いてた。だが佐村が指名してたのは雪乃って女だ」

「いえ、わかんないです。顔見りゃあわかるかも知んないスけど……」

　谷繁は怯えたような顔をした。

「…………」

　矢能はため息をついた。

　矢能があさみと雪乃の履歴書をよこせと言ったとき支配人は若干の抵抗を示した。だがやがて奥に向かい、二通の履歴書のコピーを手に戻ってきた。

　矢能をタチの悪いヤクザだと思ったのか、佐村が燦宮会の人間だと知ったからなのか、おそらくその両方なのだろう。

あさみの履歴書に貼られた写真は、矢能の携帯にある早川美咲の写真とさほど印象が変わらないものだった。だが雪乃の履歴書には写真がなかった。

「ああ、雪乃さんは別の店で働いてたのを引き抜いてきたんでね、ウチで働き出してから、一応履歴書書いといてね、みたいな感じだったもので……」

さもよくあることだと言うように支配人は言った。

「どっちにしろですね……」

谷繁が言った。

「俺が佐村《おやじ》さんの運転手始めてからもう一年くらいになりますけど、少なくとも俺は佐村《おやじ》さんに愛人がいたなんて思えないんですよ」

「とりあえずここに書いてある住所をカーナビに入れろ」

履歴書によると、雪乃の本名は西田《にしだ》紗栄子《さえこ》。住所は港区白金五丁目9―1だった。

どういうことなのか。矢能は考えを巡らせた。

佐村が消えた。それは燦宮会内部のトラブルのせいだと思われる。そしてその翌日早川美咲が消えた。美咲は佐村とつき合っていると姉に伝えていた。だが佐村の周囲では誰も愛人の存在を知らない。佐村と美咲は〈ショルテッツァ〉で顔を合わせてはいる。だが、本当に美咲は佐村とつき合っていたのだろうか？

さらに美咲は〈ショルテッツァ〉に勤務していたことを姉に話してはいない。姉の未華子が意図的に矢能に隠したとは思えないから知らなかったと捉えるべきだろう。それ自体は大したことではない。仲の良い姉妹だって、全てを教え合うものでもないはずだ。だが、それならばなぜ佐村とつき合っていることは伝えたのか。

そして雪乃という女。美咲よりもよほど佐村と近しい関係であったはずのこの女も三日前から連絡が取れなくなっている。どういう繋がりがあるというのか。

「あのぉー……」

谷繁が声を出した。

「さっきの住所打ち込んだら、北里研究所病院と出ました」

「ふざけやがって！」

矢能は吐き捨てた。

「いらっしゃいませ」

頭を下げた黒服が矢能を見て顔色を変えた。

「今度は客だ」

そう言って勝手に店内に足を踏み入れる。広くはないが品の良い設《しつら》えの店だった。

空いているボックスを見つけて席を占めると慌てて支配人が飛んできた。

「あのぉ、当店では組関係の方はお断りしておりまして……」

「あ？　俺はヤクザじゃない」

「ハハ……、ご冗談を……」

矢能は店内を見回した。隅のボックス席を指差す。

「おい、あそこの客はヤクザだろう。先にあいつら追い出してから言ってこい」

支配人は沈黙した。

「あさみや雪乃と親しかった娘《こ》を呼んでくれ」

そのまま引き下がった支配人と入れ違いに車を駐車場に駐めた谷繁がやってきた。

「あの、俺も飲んじゃっていいんスか？」

「運転に支障がないなら好きにしろ」

「じゃあ、ちょっとだけ……」

嬉しそうに谷繁がシートに腰を下ろす。

「ここのは必要経費だからな。外崎にそう言っとけよ」

「へへ、もちろんです」

だがホステスはなかなか来なかった。

支配人に耳打ちされたホステスが一人、隅のヤクザ者《もん》の席に向かうのを矢能は見ていた。やがて矢能に背後から野太い声がかかった。

「ちょっといいかい？」

「あ？」

矢能が振り返る。

「あれ、矢能さんじゃないですか」

「ああ、お前か……」

どこで会ったのかは覚えていない。たぶん拘置所あたりだろう。だが、そのデカい耳たぶには見覚えがあった。たしか磬政会《きんせいかい》の奴だ。

「この店で揉め事は勘弁して下さいよ」

福助が言った。

「揉め事なんてねえよ。お前俺がヤクザ辞めたの知ってんだろう？」

矢能は言った。

「ええ、噂は聞いてます。微妙なとこですがね……」

「だったら支配人にそう言っといてくれ。早く女をよこせってな」

「ええ、言っときますよ」

「あ、ちょっと待て」

歩き去ろうとした福助が振り返る。

「なんです？」

「ちょっと座れ」

福助は露骨に迷惑そうな顔をした。

「なんです？」

「いいから座れ」

「…………」

福助が渋々矢能の隣に腰を下ろす。

「ここで燦宮会の佐村を見かけたか？」

「佐村？　ああ、ええ何度かは……」

「佐村がこの店のホステスとデキてるって話聞いたか？」

「え？　いや、どの女です？」

「なんだ知らねえのか？」

「聞いてないですね。普通その手の噂はすぐ耳に入るんですがね……」

「そうか、ならいい」

「佐村がどうかしたんですか？」

「もういいって言ってんだろう」

矢能は追い払うように手を振った。

「あ？　そういう言い方はねえんじゃねえのか？」

福助の眼が険悪に歪む。

「なんだ？　この店で揉め事起こすのか指定暴力団」

矢能は薄笑いを浮かべた。チッと舌を打って福助は起ち上がり、荒々しい足取りで自分の席に戻っていった。谷繁が不安そうに顔を上げた。

「大丈夫ですか？」

「あ？　俺がなんかしたか？」

「………」

「それより支配人を呼んでこい」

その声を聞きつけたのか、支配人の代わりに三人のホステスがやってきた。矢能はハーパーのロックを、谷繁はハーパーの水割りを頼んだ。

「ユイカでーす。好みのタイプはドSの中年でーす」

矢能の右隣に座った女が両手で小さな名刺を差し出す。

「ちえりでーす」「ののかでーす」と他の二人もそれに倣った。矢能は三枚の名刺をテーブルの上に置いた。注文した飲み物が届くと、

「お客さん、あさみさんのこと調べてるの？　それとも佐村さんのほう？」

ユイカが言った。矢能は軽くグラスに口をつけ、

「両方だ。佐村のことを知ってるのか？」

「名前と顔と、あとはたぶんヤクザだなってことぐらい」

「あさみとは親しかったのか？」

「ううん。あさみさんと親しくしてた子なんていないんじゃないかな……」

他の二人の女が頷く。

「なんでだ？　ムカつくタイプだったのか？」

「さぁ、なんでだろ？　まぁあんまりお店にも出てなかったしね。あ、わたしたちも飲み物いただいていいですかぁ？」

矢能は頷いた。谷繁の隣の、ののかと名乗った女がボーイを呼んで注文を伝える。

「じゃあ雪乃は？」

「雪乃さんはなんかもう人を寄せつけないオーラがハンパなくて、あさみさんとしか話してなかったんじゃないかな」

「なんであさみとは話すんだ？」

「たぶん、あの二人もともと知り合いだったみたい」

「ほう」

「あさみさん、雪乃さんの紹介でこの店に入ったみたいだし」

「いつごろだ？」

「今年に入ってから。一月の半ばごろかな、たぶんそのくらい……」

一月に勤め出してひと月前に辞めたのなら、早川美咲は二ヵ月ほどしかこの店にはいなかったということになる。女たちの飲み物が届き、軽くグラスを合わせた。

「店としても、あさみさんには早く辞めて欲しかったんじゃないかな？」

「なぜだ？」

「あの子この仕事向いてないんだもん。気が利かないしお客さんと喋れないし……」

「雪乃はどうなんだ？」

「ザ・ホステスって感じ。お客さんの前だと別人。細かな気遣いできるし、すっごく性格良さそうに見えてたし。あ、わたしがこんなこと言ったなんて内緒ですよぉ」

「雪乃はこの店は長いのか？」

「さぁ、去年の暮れにわたしが入ったときにはもういたから……」

「十月ごろ。ユリ姉《ねえ》が言ってた」

矢能の左隣のちえりが言った。

「雪乃が写っている写真を持ってないか？」

誰も持っていなかった。持っていそうな奴の心当たりもないという。

「佐村はいつごろからこの店に来てるんだ？」

「今年に入ってからかな？」

ユイカが言った。

「あさみが勤め出してからか？」

「たぶん、同じころだと思うけど……」

「佐村は一人で来てたのか？　それともここで誰かと会ってたのか？」

「いつも一人でしたよ。雪乃さんに会いに来てるって感じで……」

矢能は上着の内ポケットから数枚の写真を取り出した。女たちに手渡す。

「この中に、どれか知った顔はないか？」

外崎から預かった、なにかのパーティのときのものだ。浅木を始め理事たちが全員写っている。

「あ、この人見たときある」

ののかが言った。一枚の写真の端を指差している。矢能は身を乗り出してその写真を見た。だが、それは矢能の知らない男だった。三十代後半の痩せた男だ。

「誰だ？」

谷繁に訊いた。

「さぁ……。調べときます」

「よく来てたのか？」

ののかに訊ねる。ののかは首を横に振った。

「見たのは一度か二度くらい。でもすっごく好みのタイプだったから……」

もうこれ以上は時間の無駄な気がした。ユイカに「チェック」と告げた。

「お客さんの、そのすっごく冷たい顔に欲情しちゃうんですけど……」

ユイカが矢能の耳元で囁いた。太腿を指で押してくる。

「終わってからどっか連れてってもらえません？」

「俺の好みもドSの中年女なんだ」

そのまま席を立った。

3

昼過ぎに目を覚ますと、シャワーを浴びてから電気シェーバーで髭《ひげ》を剃《そ》った。鏡の中の己の姿を見て、栞に髪を切るように言われたことを思い出した。

ソファーに座り込んで煙草に火をつける。きょうはすぐに動き出す気にならなかった。どうも納得がいかない。そう思っていた。

やろうと思えばやれることはいくらでもあった。

佐村の女房に会って話を聞く。美咲の亭主に会って話を聞く。あるいは、元燦宮会理事の澤地と会って話を聞く。織本未華子に美咲の友人の中に雪乃らしき女がいないか訊ねてみる。雪乃が以前勤めていた店を訪ねて雪乃が写っている写真を探す。髪を切りに行く。

だがどれも、佐村と美咲の失踪の真相に近づいていく気がしなかった。

佐村と美咲が同時に姿を消したのなら話は簡単だ。佐村を拉致しようと狙っていた奴は佐村が若衆と離れるタイミングを待った。佐村はどんな理由にせよ美咲との仲を周囲の者にひた隠しにしていたため、一人で美咲に会いに行った。そこを襲われた。二人とも殺されて死体は永久に見つからないように処理された。そういう筋書きだ。だが、佐村が消えた日の翌日に美咲は姉の未華子とメールの遣り取りをしている。そのあとで姿を消していた。それが犯人による偽装の可能性もなくはないが、なんのための偽装なのか。少なくともヤクザのやることとは思えない。

犯人側の偽装は、中河内一家の嶋津と佐村が揉めていたように見せることだった。国吉会の仕業だということで押し切ろうとしていたはずだ。美咲の消えた日を偽装しても意味がない。

さらに〈ショルテッツァ〉で佐村が指名していた雪乃という女も消えている。無断欠勤は美咲が消えたとされる日から始まっているという。偶然にしてはタイミングが揃い過ぎている。犯人の目的は佐村だけのはずだ。なぜ複数の女が消えなければならないのか。

そもそも美咲は本当に佐村とつき合っていたのか。それを裏付ける痕跡はなに一つ見つからない。そうでないとするなら、なぜ姉に嘘をついたのか。そして脅迫の事実はあったのか。

わからないことだらけだった。しかしそのほとんどは、どうでもいいことのように思えた。事件の核心は佐村の失踪だ。犯人は燦宮会の内部にいる。これだけは間違いない。犯人を見つけて吐かせれば、それ以外のことも全てあきらかになるはずだ。

ただ問題は、どうやって犯人を特定するかだ。あの理事たちを一人一人問い詰めていくしかねえのかよ面倒《めんど》くせえ。

矢能は着替えを済ませると事務所を出た。とりあえず面倒くさくないものから手をつけることにした。


「いらっしゃいませぇ」

ガラスのドアを開けると若い女の声が飛んできた。店の中にはその女だけしかいない。客もいなかった。手にしていたなにかの器具をキャスター付きのワゴンに置いて駆け寄ってくる。いい笑顔をしていた。

「上着をお預かりします」

歳は二十歳をいくらも過ぎていないように見える。特に美人というほどでもないがチャーミングな印象だった。矢能の上着をハンガーにかけると、

「どうぞこちらへ」

五台並んだ白い椅子の一番奥に案内された。

「カットでよろしいですか？」

矢能が鏡の中の笑顔に向かって頷く。焦げ茶色のナイロン製のシーツのようなものの袖に両腕を通させられた。首にタオルを巻かれて湾曲したクリップで留められた。

「なにかご希望はございますか？」

「少し伸びたぶんを切って整えてくれればいい」

「それだけですか？」

「ああ」

「あの、もっとカッコよくしちゃってもいいですかぁ？」

チャーミングな笑顔がさらに輝いた。

「しなくていい」

矢能は言った。

「いえ、そんなに思い切ったことはしません。でもちょっと変えるだけでも、ぐっとカッコよくなっちゃうんですけど……」

矢能は不安になった。

「その歳だとまだ新米なんだろう？　大丈夫なのか？」

「へへ、こう見えてもキャリア八年の中堅どころなんですけど……」

「え？　歳はいくつなんだ？」

「えーっ、いきなり女性に歳を訊くんですかぁ。二十八です」

女はケラケラと笑った。矢能は驚いていた。

「とてもそうは見えないな」

「ガキっぽくても腕はあるんですよ。さぁ、どうします？　わたしに任せていただけるんでしょうか、いただけないんでしょうか？」

「………」

「せっかく美容室に来ていただいたんですから……」

普段は腕の良くない床屋で切っていることはバレていた。

「わかった。好きにしてくれ」

「了解いたしましたぁ」

女はハサミをチャキチャキチャキチャキッと鳴らした。

「栞ちゃんのお父さんですよね？」

シャンプーの最中に唐突に言われた。

顔に白い布を被せられているので、表情を見られなくて良かったと思った。

「なぜ知ってる？」

「ここらへんじゃ有名ですよ。優しい探偵さんのあとの恐い探偵さん」

近所ではそんなふうに言われているのか。矢能は少し恥ずかしくなった。

「そういうことじゃない。その、お父さんのほうだ。栞が言ったのか？」

「ああ、ええ。栞ちゃん可愛いですよねえ」

そんなことは知っている。

「なんか、ウチのアレがお父さんになっちゃった……ってどうでもいいことのように言ってましたけど、きっとすごく嬉しかったんだと思います」

「…………」

顔に布が被っていて本当に良かったと思った。

「だがあいつはお父さんとは呼ばないぞ」

「呼んで欲しいんですか？」

「いや」

「だからじゃないですか？　彼女賢いから……」

それも知っている。

「でも、本当にそう呼んで欲しくないんですか？」

「…………」

そう言われてみると自信はなかった。

「お痒いところはございませんか？」

その言葉に救われた気がした。


鏡の前の椅子に戻ると、ドライヤーでのブロウが始まった。髪の毛の長さは以前とさほど変わっていないように見えたが、頭がずいぶん軽くなったように感じていた。

「前の探偵はよく来てたのか？」

栞のことに話題が戻らないように、そう訊いてみた。

「いえ、ケガをされて自分では頭を洗えないからって初めの何回かはシャンプーだけで、最後に一度だけ髪を切らせていただきました」

少し哀しげな笑みに見えた。矢能がそう感じただけなのかも知れないが。

「あのときの髪は、あいつによく似合ってた」

「ですよね？　わたしの自信作です」

「あいつのこと、どう思った？」

「とても素敵な人でした」

「ああ、大した男だった」

「自分にはやらなければならないことがある、そう仰しゃってました」

「…………」

「だけど、どうすればそれをやれるのかがわからない、と……」

「あいつはそれを見つけたようだ」

鏡の中の笑顔が満足そうに頷いた。

「お友だちだったんですか？」

「そうだな、ああ、友だちだった」

「残念ですね」

「ああ」

矢能にとって友だちだと思える相手は他に一人もいない。でもそれは、あの探偵が死んでしまったからなのかも知れない。そう思った。そしてあいつは俺に栞を残してくれた。あいつが生きていたら栞は俺の娘になどなっていなかっただろう。そう考えると複雑な気持ちになった。

ブロウが終わると肩を揉んでくれた。いつもの床屋はやってくれないサービスだ。

華奢《きやしや》に見える女の子にしては力が強いし上手かった。すごく気持ち好く感じた。

「恋人はいるのか？」

ふいにそう訊ねてみた。

「えーっ、またそんなプライベートな質問ですか？　いまはいませんけど」

「いや、変な意味じゃない。恋人がいないのにいると嘘をつく女の心理ってのはどういうもんなんだと思う？」

「フフ、なんの話ですか？」

俺はなにを訊いてるんだと思った。

「いや、もういい」

「いやいやいや、逆にわたし興味が湧いてきちゃいました。どういう状況でそんな嘘をつくんですか？」

「たとえば妹が姉に、つき合ってもいない男とつき合ってると嘘をつく」

「ほー」

「なんの意味があるのかわからない」

「その妹さんが……」

彼女は真面目な顔で言った。

「いろんな人に同じ嘘をついているのなら、その妹さんに問題があります」

「…………」

「でもお姉さんだけについたのなら、お姉さんのほうに問題があると思います」

すごく納得がいく気がした。

「まぁ、そうとばかりは限らないですよね？」

「いや、役に立った」

「本当ですかぁ？」

彼女は照れたような笑みを浮かべた。それはそれでキュートな笑みだった。

さらに少しハサミを使い、ジェルで仕上げられた頭は、いままでとはかなり印象が違っていた。

「めちゃめちゃカッコいいじゃないですかあ」

彼女は満足そうだった。どうも俺らしくねえな。矢能はそう思った。

勘定を済ませ上着を着せてもらい、ドアに向かうと彼女が先回りしてドアを開けてくれた。

「あの、わたし合格したんだったら、またぜひお越し下さいね」

少し抑えた笑顔で丁寧にお辞儀をしてくれた。

「ありがとう」

矢能にはめずらしい言葉だった。


そろそろメシでも喰おうかと商店街の通りを歩いていると、ズボンのポケットの中で携帯が鳴り出した。外崎からだった。

「なんだ？」

「いま事務所ですか？」

「近くにいる」

「谷繁がそっちに向かってます。すぐに来てもらえませんか？」

「どうした？」

「佐村《おやじ》の死体が出ました」

なぜだ⁉

4

中野から青梅《おうめ》街道を西に走り続けて杉並区と練馬区と武蔵野市と西東京市を過ぎ、いつの間にか新青梅街道になった道で東久留米市と小平市と東村山市を過ぎて、出発から一時間が経過したころに谷繁が運転するBMWは目的地に到着した。東大和市にある潰れた特殊鋼メーカーの工場だった。錆《さ》びた鉄板に覆われたゲートを抜けて広大な敷地に乗り入れる。

しばらく進むと、巨大な建物の脇に駐められた二台のセダンのそばに外崎が立っているのが見えた。佐村組の若衆らしき二人の男の姿も見える。谷繁が二台の車の後ろにBMWを駐めた。

「ご苦労様です」

矢能が助手席から降りると外崎の声が響いた。二人の若衆も「ご苦労様です！」と大声を出して深く頭を下げる。

「そういうのはやめてくれ」

矢能は言った。歩み寄って来ていた外崎が不思議そうな顔をして、

「え？　なにがです？」

「俺はもうヤクザじゃない」

「ですが矢能さんはこの世界の大先輩ですし……」

「カタギの先輩みたいに扱ってくれ」

「先に矢能さんがカタギみたいになってから言って下さいよ」

「昔からその手の挨拶は好きじゃない。ヤクザ辞めたら解放されたっていいはずだ」

「あれ、どうしたんですその頭？」

「あ？　伸びたから切っただけだ」

「ヤケにオシャレじゃないですか」

「そうなのか？」

「いや、マジでカッコいいです。すげえ似合ってますよ」

「お前、佐村の死体が見つかったってのにヤケに元気がいいな」

「ハハ、カラ元気ですよ。軽口でも叩いてねえとゲロ吐きそうな気分なもんで……」

そこで思い出したのか急に不快そうなゲップをして、こみ上げてきた胃液を地面に

吐き出した。

「酷《ひど》いのか？」

矢能が訊ねる。

「きょうでもう六日目ですからね、かなり腐敗が……」

そう言った途端に外崎の喉の奥から変な音がした。背を向けた外崎の足元で、白っぽい液体がアスファルトを打つ音が続いた。

「矢能さん、……見ます？」

若衆から渡されたペットボトルのお茶でうがいを済ませ、ようやく外崎が言った。

「そのために呼んだんじゃねえのか？」

矢能は言った。外崎は気弱な笑みを浮かべた。

「俺、ここで待っててもいいですか？」

矢能が頷くと外崎が若衆たちに顎を振った。若衆二人がかりで、幅が十メートルはありそうなシャッターを引き上げる。矢能は頭を屈めてシャッターをくぐった。

そこは製品の搬出のためのスペースらしく、機械類はなにも置かれていなかった。内部は薄暗いが高い天井付近に並ぶ明かり取りの窓からの外光のお蔭で照明が必要なほどではない。前方に白のベンツが駐まっているのが見えた。

埃《ほこり》や黴《かび》の臭いに混じって、微かに生ゴミのような腐臭が漂ってくる。ポケットから出したハンカチで鼻と口を覆った。しばらく歩いてから振り返る。誰一人ついて来ていなかった。谷繁も、外崎の様子を見て外での待機を決め込んだようだ。

ベンツの周囲には無数の小バエが翔んでいた。運転席の窓から車内を覗き込んだが人影は見えない。ドアを開ける。ロックされてはいなかった。佐村が運転席で死んだということはひと目でわかった。グレーの革張りのシートは大量の血が乾いて黒紫色に変色している。

床には黒のフロアマットが敷かれているせいで、どれほどの血が流れたのかは判断のしようがなかった。トランクオープナーのレバーを引いて後部に廻り込む。いきなり強烈な臭いが襲ってきた。ハンカチなどなんの役にも立たない、尋常ではない臭いだった。酸っぱい液体が喉を駆け上がってくる。だが、ここまできたらあとへは引けなかった。覚悟を決めてトランクの蓋を持ち上げた。そして二秒で閉めた。足早に出口に向かった。

「あれ？　早かったですね」

外崎が言った。すぐにシャッターが閉められる。矢能は、新鮮な空気を思いっきり吸い込んだ。

「馬鹿野郎！　なんだありゃ、グチャグチャじゃねえかよ⁉」

「そうなんですよ。なにがなんだかわかんねえ状態で……」

「あんなもん見せるために、わざわざこんなとこまで呼びつけたのか⁉」

「俺もどうしたもんかと思いましてね、とりあえず見ていただいてからご相談させてもらおうかと……」

「あんだけドス黒くて膨れ上がったツラじゃ佐村かどうかもわかんねえだろ？」

「あのスーツは佐村《おやじ》が消えた日に着てたもんに間違いありません。腕時計も、佐村《おやじ》のお気に入りのフランク・ミュラーです。髪の毛の感じからしても、特徴のある耳の形からしても、あれが佐村《おやじ》であることは疑いようがないですね」

「なんだ、お前結構ちゃんと見たんだな」

矢能は少し感心していた。

「そりゃやっぱ親ですからね、ゲロ吐きまくりながら何度もトライしましたよ」

「けどあれじゃ死因もわからねえぞ。なんであんなにドロドロしてんだ？　死んだら水分が抜けて乾燥してくるもんじゃねえのか？」

「さっきこいつらにネットで調べさせたんですが……」

外崎は二人の若衆を顎で示した。

「死後二十四時間で下腹部から腐敗が始まるらしいんですが、その前に自己融解ってのが起きててめえの胃液で内臓が溶け出すんだそうです」

矢能は喉の奥にまた酸っぱいものを感じた。

「そんで体ン中に溜まったガスに押されていろんなとこから体液が溢《あふ》れ出たり、死後三日くらい経って腐敗が進むと水疱が体中に出てきて、そん中にゃなんかの汁とガスが詰まってて……」

「もういい」

矢能は振り返って谷繁に眼を向けた。

「お前も見てこい」

「え!? ちょ、勘弁して下さいよ。メシが喰えなくなるじゃないスか……」

「なんだ? てめえだけ旨いメシにありつこうってのか? 見てこい!」

いきなり谷繁が駆け出してＢＭＷの運転席に閉じ籠《こ》もった。

「それと……」

外崎が言った。

「佐村《おやじ》の携帯が助手席のシートの下に転がってました。電池切れですけど……」

黒の二つ折りの携帯を差し出す。矢能はその携帯をズボンのポケットに入れた。

「佐村のチャカはなかったのか？」

「え？　なんでわかったんです？」

驚いた顔で外崎は腹に挿したリボルバーを抜き出した。

「運転席の足元に落ちてました。佐村《おやじ》がこんなもんを持ち歩くなんて、通常じゃ考えられないんですがね……」

「撃ってるか？」

矢能の問いに外崎は、リボルバーのシリンダーラッチを押しながらシリンダーを横に振り出した。銃口を上に向ける。左の掌に未使用の38スペシャル弾が四個落ちた。

シリンダーを前から覗き込み、

「二発、ブッ放してますね……」

「そうか」

「……てことは、佐村《おやじ》も撃たれて死んだってことですかね？」

「たぶんな。……で、なんでここに死体があるのがわかったんだ？」

「けさがたウチの若い者《もん》に電話があったそうです。ここに佐村《おやじ》のベンツがあるって。そんで俺のほうに連絡が廻ってきまして」

「見つけた奴は誰なんだ？」

「さぁ、ここいらの悪ガキじゃないですか？　お祖父さんの指示で燦宮会関係者全員にあのベンツを捜させてましたからね。知り合い全部に声かけろって」

「………」

「まぁなんにしろ、これで国吉がやったなんて寝言は通用しなくなりましたね」

「そうなのか？」

「そりゃそうですよ。犯人は燦宮会内部の人間だってことは確定です」

「どうして？」

「だって、この場所を国吉の連中が知ってるわけがないんですよ。ここは最近ウチが押さえた物件で、知ってるのは燦宮会でも限られた幹部だけなんですから」

「………」

「ここで佐村《おやじ》が殺されたってことはね、犯人は燦宮会の人間しかあり得ないじゃないですか」

「佐村はここで殺されたんじゃない」

「え!?」

「どこか別の場所で撃たれて、そことはまた別のどこかで死んでる。そして、佐村を襲ったのとは別の誰かが車ごとここに運んで来たんだ」

「どど、どういうことですか？」

外崎は本気で驚いていた。外崎に疑いの眼を向ける必要はないようだ。矢能はそう思った。

「もしお前が佐村から、理事の誰かを殺してこいと命じられたらどうやる？」

「そうですね、まぁどっか人っけのない場所で待ち伏せてチャカ突きつけて攫って、山ン中に連れてってでめえで穴掘らせて生き埋め、ですかね？」

外崎は事も無げに言った。矢能が頷く。

「いまどき死体が出るような殺しはヤクザならやらない。そうだろ？」

昔はヤクザがヤクザを殺しても大した罪にはならなかったが、いまのようにヤクザの犯罪が厳罰化されるといちいち事件にしていたのでは割に合わない。だから死体は出さない。ただ行方不明になってもらうだけだ。

死体を運ぶ際に周りを汚さないように、銃で撃ったり刃物で刺したりといった血が流れるような殺し方もしない。

首を絞めるかビニール袋を被せるか頭を水に浸けるか。あるいは生きたまま運んで穴の中で殺す。ど素人の殺人事件と違って実に合理的だ。

「だが今回はなにもかもが違う。なぜだ？」

外崎は考え込む顔つきになった。

「えーと、佐村《おやじ》は襲われることを警戒してチャカを用意してた。攫おうとしたら抵抗されたんでその場で撃った、……そんなとこですかね？」

「ああ、だがその場で佐村が死んだんなら死体をそのままにはしない。車ごとどこかに運んで消しているはずだ」

「それがここだったんじゃないですか？　死体を消すためにここに運んだ。ここなら鉄を溶かす炉がありますから」

「きょうで六日目だぞ。なぜいままで放っといた？」

「…………」

「ここで死体が見つかったら国吉のせいにできなくなるんだぞ。なぜここに運ぶ？」

「たしかに。……死体を消すなら他にいくらでもやりようはありますからね」

「それに、もしお前が犯人なら佐村の携帯をそのままにしとくか？」

「そりゃそうですよね。それに俺だったら、ついでにあのフランク・ミュラーもいただいちゃいますよ。ありゃあ叩き売っても百万にはなりますから……」

「つまり、佐村が死んだときに犯人はその場にいなかったってことだ。だから死体も携帯も処分できなかった」

「佐村《おやじ》は逃げ切ったってことですね⁉」

外崎は得心がいったというように眼を輝かせた。

「おそらく腹にでも弾を喰らったんだろう。だが佐村はチャカをブッ放して車で走り去った。なんとか犯人が追ってこれない場所に逃げ込んだが、そのあとで力尽きた」

「…………」

「逃げながらお前とでも連絡を取りたかったんだろうが、携帯を落として見つけられなかったか手が届かなかったか運転だけで精一杯だったかのどれかだろう」

外崎が下唇を噛んだ。掌で両眼を覆った。肩が小さく震え出した。二人の若衆も、俯いたままで立ち尽くしている。

矢能はしばらく放っておいてやることにした。煙草に火をつけてBMWに向かう。運転席の窓を指でノックした。窓ガラスが五センチほど開いた。

「お前、いい度胸だな？」

矢能の言葉に谷繁が引き攣《つ》った笑みを返した。

「勘弁して下さい。俺、ホラー映画とか超ニガ手なんスよ……」

「あっちの三人は佐村の死を悲しんで泣いてるぞ」

「…………」

「じゃあ見なくていいから臭いだけ嗅いでこい」

窓が閉まった。谷繁は両手で耳を塞いでいた。

「あの……」

外崎の声に振り返る。

「だったら佐村をここに運んだのは誰なんです？」

「いまから叔父貴《おやじ》をシメに行くぞ」

矢能はそう言った。

5

燦宮会会長二木善治郎の自宅は幡《はた》ヶ谷《や》にあった。新国立劇場に近い、都道四三一号角筈《つのはず》和泉町《いずみちょう》線沿いに広壮な邸宅を構えている。

後部座席に矢能と外崎を乗せたアウディが停まるとコンクリート打ちっ放しの高い塀の切れ間のジュラルミン製のゲートが左右に開き、白のジャージ姿の男が坊主頭を下げて中に誘導した。

通されたのは広い和風庭園に面した和洋折衷《せっちゅう》の居間だった。十二畳の和室に絨毯《じゅうたん》が敷かれ、クラシックなスタイルの茶色の革張りのソファーが向かい合わせに置かれている。ソファーの前のテーブルはガラス板を載せた漆塗りの座卓だった。部屋の奥の壁は幅広の床の間で、肉厚の漢字だけが並ぶ掛軸がかかっている。

「お前ら、なんか臭えな」

二木が言った。

「佐村《おやじ》の臭いです」

外崎は素っ気なく応えた。外崎の衣服には腐臭が染みついていた。車の中では全ての窓を全開にしていなければ耐えられないほどだった。

「死体が出たのか⁉」

二木は驚いた顔をしてみせた。

「惚《とぼ》けんのはよして下さいよ」

外崎の言葉に二木の眼がスッと細くなる。

「なんだとこの野郎……」

矢能は掌で外崎を制した。

「叔父貴、そろそろ腹ぁ割ったらどうだい？」

「あ⁉　なんのことだ？」

「俺は最初から気に入らなかった。俺を呼びつけたときから、あんたは俺を騙そうとしてた」

「…………」

「佐村を捜せなんて言いながら、最初《はな》から佐村が死んでることも、死体がどこにあるかも知ってたんだろ？」

「いや……」

「そうでなきゃ、いまごろンなって死体が出るわけがねえ」

「どういう意味だ？」

「佐村は撃たれてここに逃げ込んだんじゃねえのか？」

「なぜそう思う？」

「佐村を襲う側の立場で考えりゃわかる。トドメ刺さずに諦めるわけがねえんだ」

佐村を攫おうとしたのだが抵抗されて逃げられた。あとを追う。たとえ佐村が病院の駐車場に入り込もうが警察署の前に乗りつけようが、車が止まりさえすれば即座に殺す。死体を放置したまま逃げなきゃならねえとしても佐村の命《タマ》だけは奪《と》る。それが務めだ。

「だが、この家に逃げ込まれちまえばもう手出しはできない。ここにチャカを持って乗り込んだらあんたを狙ったことにされてしまうからな」

「………」

「あんたは佐村が死んだのを知ってるが犯人側にはその確証がない。あんたは佐村が生きているのか死んでいるのかわからねえままにしときたかった。だからすぐに死体を出さなかった」

二木は実際の犯人が誰であろうとどうでもよかったのだろう。佐村が死んだことで、理事長の浅木の力が復活する事態を恐れていたからだ。

「佐村が消えたという報告がくるのを待って、あんたは理事連中を招集した。おそらく浅木以外の全員が、浅木に疑いの眼を向けると読んでいたんだろう。動機は充分だからな」

証拠など必要ない。いくら浅木が否定しようとも、他に有力な容疑者がいなければ強引に浅木を破門にすることだってできる。

「ところが理事たちは国吉の仕業だと言い出した。あんたの計算が狂った」

二木は死体を出すしかなくなった。絶対に国吉会の仕業ではあり得ないという場所から佐村の死体が見つかる必要があった。

「だから外部の間抜けを呼んで死体を見つけさせようとしたんだ」

二木が大きく息を吐いた。

「だがお前は間抜けじゃなかった、というわけか……」

「最初っからちゃんと話してくれていれば、佐村《おやじ》はあんな、……あんな、腐りきった見苦しい姿を晒《さら》さずに済んだんですよ！」

外崎が声を詰まらせる。二木は矢能に険しい眼を向けた。

「お前が最初に引き受けてくれてりゃあ、もっと早く出せたんだ」

矢能は二木の視線を受け止めた。

「騙そうとされてなきゃ、俺は叔父貴の頼みを断ったりはしない」

「…………」

「俺が断ったせいであんたは死体を出すきっかけを失った。だから昨夜《ゆうべ》、俺が外崎の依頼を受けたって知らせを聞いた途端に慌てて死体が見つかるようにしたんだ」

「フッ、お前はなかなかの名探偵だな……」

矢能は返事をしなかった。そのまま沈黙が流れた。矢能は煙草に火をつけた。深く吸い込んで長く煙を吐き出す。

「コーヒーぐらい出ないんですかね？」

矢能は言った。だが二木は聞いてはいなかった。

「お前は俺にどうしろってんだ？」

「別に。……あんたが決めることだ」

「お前は俺の敵か？　味方か？　どっちなんだ？」

「少なくとも敵じゃない。いまンところはね」

「…………」

「だが味方になるかどうかはあんた次第だ」

「どうすればいい？」

「あんたのやるべきことは、佐村殺しの犯人を罰することだ。浅木に罪を被せることじゃない」

「浅木がやったんじゃねえってのか⁉」

「それはまだわからん。だが、浅木の道連れで沈没したくねえと思った間下がやった可能性だってあるし、佐村が消えて浅木が疑われれば日の目を見られると考えた馬鹿もいるかも知れん」

「でも、浅木に疑いを向けさせたいんだったら、国吉とのトラブルなんて偽装は必要ないんじゃないですか？」

外崎が言った。矢能は首を振った。

「なんの保険もかけずに浅木がやったなんて信じる奴はいない」

「そうか……」

「それが偽装だってバレたらどうなる？　逆に、偽装があったという事実が浅木への疑惑を濃厚にする。違うか？」

「たしかに」

「浅木や間下がやったんだとすりゃあ偽装をもっともらしく補強していけばいいことだし、秦や冨野が犯人なら偽装を暴きゃあいいだけのことだ。てめえで仕掛けた偽装ならどうとでもできる」

「なるほど……」

「だがどれも推測にすぎない。他のどんな可能性だってある」

「どうやって犯人を見つけるんだ？」

二木が言った。矢能は二木の眼を覗き込み、

「佐村が襲われた日、あんたが佐村をここに呼んだんじゃねえのか？」

矢能はそう推測していた。そう考えるのが最も自然だった。

「内密に処理したい問題がある。誰にも言わずに一人で来てくれ、なんてな……」

だからこそ佐村は、襲われることを警戒して銃まで用意していたにも拘わらず一人で行動した。そして撃たれたあとここに逃げ込んだ点にも納得がいく。

「そのせいで佐村は襲われた。あんたは自分が疑われることを恐れた。そうだろ？」

外崎が二木に疑惑の眼を向けた。

「違う」

二木の顔には怯えがあった。

「佐村のほうから俺に内密の話があると言ってきたんだ。俺がやらせたんじゃない。本当だ！」

「わかってる。あんたがやらせたんなら死体を出したりはしない」

矢能の言葉に二木は安堵の息を漏らした。

「佐村の話ってのは？」

矢能が訊ねると二木は顔を左右に振った。

「わからん」

「おおよその見当ぐらいつかねえか？」

「つかん」

「なんか思い出せねえか？　佐村は命を狙われることを警戒してた。その上であんたに伝えたいことがあったんだ。あんたと利害が一致する、なにかがあったはずだ」

矢能は、その「なにか」に早川美咲が絡んでいるのではないか。そう考えていた。

「いや、なにも思い浮かばん。俺も惚けてきたのかな……」

そんなことは知っていた。矢能は自分の携帯を取り出した。

「この女を知ってるか？」

美咲の写真を見せる。

「誰だこれ？」

「よーく考えてくれ。本当に見たことねえか？」

「俺は若い女は大抵同じに見える。美人とブスの区別しかつかかん」

「矢能さん」

外崎が言った。

「佐村《おやじ》がここに来る途中を襲われたんなら、ここに詰めてる若い衆ン中に注《さ》した野郎がいるってことじゃないですか？」

「俺は誰にも言ってねえぞ」

二木が言った。

「けど、電話を盗み聞きした奴がいるかも知れんじゃないですか。そいつを見つけて絞め上げて吐かせりゃあ犯人が割れますよ」

「それはどうかな」

矢能は言った。

「もしここに密告《チンコロ》した奴がいたとして、そいつがちょいと責められたらウタっちまうような野郎なら、そいつをそのままにはしとかねえだろう。とっくに引き上げさせて、捜そうとしても行方不明ってことにされちまう」

「そうか……」

「そしてそいつが簡単には口を割らないような骨のある野郎なら面倒《めんど》くせえだけだ」

「そんなもん、吐くまで痛めつけりゃいいだけじゃないですか」

「責めすぎると人は、やってねえことまでウタっちまう。お前にも経験あんだろ？」

「いえ……」

「俺にはある。それに拷問で口を割らせようとする奴は、自分に都合のいいことだけを信じ込むもんだ。気に入らねえ答えは嘘だと決めつけて、信じたい答えのときだけ本当のことを聞き出したと思っちまう。冤罪《えんざい》ってのはそうやって作られるんだ」

「なるほど」

「そんなんで変な情報手に入れちまうと、俺たちは迷路に迷い込むことになる」

「勉強になります」

「その写真の女はなんなんだ？」

二木が言った。矢能は携帯をポケットに戻した。

「犯人を特定する鍵だ。佐村を消したい奴は何人もいるんだろうが、佐村とこの女の両方を消さなきゃならん人間は一人しかいねえはずだ」

「その女も殺されたのか？」

「おそらくな」

「そうか……」

二木が矢能の顔をじっくりと眺めた。

「どうしたんだその頭？　色気づいたのか？」

矢能は無視した。二木は微かな笑みを浮かべた。

「お前なら、本当に犯人を見つけられそうな気がしてきたよ」

「見つけるさ。それが俺の仕事だ」

矢能はそう言った。

「マーちゃん、お前は俺の味方になってくれるのか？」

縋《すが》るような眼を向けてくる二木に、

「もう俺を騙さないんなら、あんたに雇われてやってもいい」

「あ？　お前はすでに外崎に雇われてんだろう？　やることは同じじゃねえのか？」

「外崎の依頼は佐村殺しの犯人を見つけることだ。だが、佐村を邪魔だと思った奴は当然あんたのことも邪魔だと思ってる。このままじゃ、あんたの立場がマズいことになるぞ」

「………」

「俺を雇えばあんたが安心できる状況を作ってやる」

「よかろう。お前を雇うことにする」

「着手金は一千万だ」

「あ⁉　そりゃ成功報酬じゃねえのか？　着手金にしちゃ吹っかけすぎだぞ」

「取りかかった途端に俺が殺される可能性だってある。安すぎるぐらいだ」

「…………」

やがて二木が頷いた。

6

午後の二時に二木組の事務所で会うと指定してきたのは浅木のほうなのに、矢能は十五分放って置かれた。目の前には二木組若頭の梶《かじ》という男が座っているが、名刺を出して軽く頭を下げたっきりひと言も口を利かない。

「いつまで待たせるつもりだ？」

矢能は言った。

「さぁ、浅木《おやじ》の手が空くまでじゃないですかね」

梶は平然と吐《ぬ》かしやがった。矢能は薄笑いを浮かべた。

「お前、浅木が破門になったらどうする？」

「あ？」

「どっかで拾ってもらえるアテはあんのか？」

「どういう意味です？」

「別に。言ったままの意味だ」

「…………」

「いつまで待たせるつもりだ？」

「ちょっと聞いてきます」

梶は起ち上がると足早に奥に消えた。そしてすぐに戻ってきた。

「お待たせしました」

と頭を下げる。

「いや、構わんよ」

矢能は起ち上がると梶のあとについて歩き出した。

通された部屋は渋く豪勢な造りだった。アメリカ大統領の執務室のつもりか？と思ったが、天井からシャンデリアがブラ下がっているのを見て笑いそうになった。

矢能が勝手にソファーに座ると、大振りなマホガニーのデスクの後ろで浅木が起ち上がる。デスクを廻りこんできて矢能の正面に腰を下ろした。

「俺とはもう関わらねえんじゃなかったのか？」

「叔父貴から聞いてんだろ？　俺は叔父貴の依頼を受けた。状況が変わったんだよ」

矢能はそう言った。

「だから俺のアリバイでも確かめに来たのかい探偵さん？」

浅木は小馬鹿にしたような笑いを浮かべた。

「俺はあんたと二人だけで話がしたいんだがな……」

浅木の隣に座ろうとした梶を見て言った。浅木は少しためらっていたが、やがて梶に言った。

「外せ」

不満げなツラを見せて梶が部屋を出て行った。

「あんた、いまの状況をわかってんのか？」

ドアが閉まるのを待って矢能は言った。

「あ？」

「あんたはいま相当ヤバい立場にいる」

「佐村の死体が見つかったからか？　燦宮会内部の人間しか知らねえ場所で見つかったから俺が犯人だってのか？　笑わせるな！」

「やっぱりわかっちゃいねえな」

「俺はなにもしちゃいねえ。なんで俺がビクつかなきゃならねえんだ？」

矢能は煙草をくわえた。

「ん？　灰皿がねえな」

「ここは禁煙だ」

「そんなに長生きがしてえのか？　ヤクザのくせに」

「長《ちょう》と名のつく立場になりゃあ、健康管理も仕事の内だ」

矢能は鼻を鳴らして、くわえていた煙草をテーブルに転がした。

「二木の叔父貴はあんたを犯人にしたがってる」

「だったらなんだ？　二木《おやじ》になにができるってんだ？」

「だから俺を雇った」

「フン、じゃあお前になにができるんだ？」

浅木は嘲《あざけ》るような眼で矢能を見ていた。

「あんたを犯人にしたがってるのは叔父貴だけだと思ってんのか？」

矢能は言った。

「あ？」

「犯人も、それ以外の理事たちも、あんたが犯人として処罰されて燦宮会から消えてくれるのを望んでる。違うか？」

「…………」

「この状況を引っくり返すのはかなりキビしいぜ」

「濡《ぬ》れ衣着《ぎぬ》せられて、俺が黙ってるとでも思ってんのか？」

「そうなりゃ内部抗争だ。神戸が黙っちゃいない。燦宮会は潰されるぞ」

「てめえの知ったことか！　燦宮会の問題は燦宮会でカタをつける！」

浅木が声を荒らげる。矢能は微かな笑みを浮かべた。

「あんたが助かる道は一つしかない」

「あ？」

「犯人が見つかることだ。そうだろ？」

「ん？　ど、どういうことだ？　お前は、俺を疑ってねえってことなのか？」

「そうだ」

「ん？　ん？　ちょっと待て。なんだ？　可怪《おか》しいじゃねえか。二木《おやじ》に雇われたんだろ？　俺を犯人にしたいんじゃねえのか？」

「俺の仕事は誰かを犯人に仕立てることじゃあない。本当の犯人を見つけることだ。そしてそれはあんたじゃない。だからこうやって話をしに来たんだ」

「…………」

浅木は困惑していた。矢能の言葉をどう捉えていいのか摑めずにいる。

「な、なんで俺が犯人じゃないと思うんだ？」

「あんたは犯人らしくない」

「あ？」

浅木は続きを待っていた。だが矢能はなにも言わない。

「え？　それだけか？」

「俺にはそれで充分だ」

「犯人らしい奴が犯人とは限らねえぞ」

「フッ、俺があんたを犯人らしくねえと思う理由が聞きたいのか？　あんたの悪口になっちまうが、それでもいいのか？」

「フン、聞かせてもらおうじゃねえか」

「灰皿をくれ」

矢能はテーブルの上の煙草を手に取った。浅木は忌々《いまいま》しげに起ち上がるとデスクの上の電話の受話器を持ち上げる。

「コーヒーを二つ。それと灰皿だ」

矢能は煙草に火をつけた。

「俺にも一本くれ」

ソファーに戻ると浅木が言った。矢能は煙草を差し出し火をつけてやった。

「いいのか？　禁煙の誓いを破っても……」

「たまには吸いてえ気分のときもある」

浅木はせかせかと煙を吐き出した。そして矢能を見て言った。

「どうしたんだその頭？」

「なにが？」

「こないだ見たときよりも厳《いか》つい感じが減ってる」

「そうなのか？」

「ああ、ちっとばかし垢《あか》抜けて見える。若い女でもできたのか？」

「美容師に任せたらこうなっただけだ」

ドアにノックの音がしてコーヒーと灰皿が届いた。運んで来た若衆が出ていくと、待ちかねたように浅木が言った。

「さぁ聞かせてもらおうか。俺の悪口ってヤツを」

矢能はコーヒーをひと口飲んで言った。

「悪くないコーヒーだ」

「もったいつけてんじゃねえ。なんで俺が犯人らしくねえんだ？」

「あんたには当事者意識が欠けている。緊張感がない」

矢能は最初に燦宮会本部に呼ばれたときから、浅木のことをそう見ていた。

「佐村が消えたと聞いても他人事《ひとごと》だと思ってたんじゃねえか？　それどころか、天が与えてくれた幸運だ、なんて思ってたんだろ？　だから様子を見るなんて頓馬《とんま》なこと吐《ぬ》かすんだよ」

「なんだと⁉」

「組織の幹部が突然消えるってことがどれほどの大事《おおごと》か、あんたわかってんのか？　外部の敵がやったにしろ身内の仕業にしろ、組にとっての最優先事項だぞ。それを理事長《かしら》ともあろうもんがあれかい？」

「俺は、よく状況も摑めんうちから過激な行動に走らねえよう、冷静な対応を……」

「あんた政治家か？　役人か？　ヤクザはスピードが命だぞ」

「軽挙妄動は慎むべきだと言ってるんだ」

「刑務所《ムショ》で歴史小説でも読みすぎたんじゃねえのか？　犯罪者ってのはヤマを踏んだときゃあ神経研ぎ澄ましてるもんだ。あんたはぬるすぎる。犯罪者としても理事長《かしら》としてもな」

「俺がわざとそう見せてたとしたらどうする？」

「あ？　わざと間抜けに見える芝居をしたってのか？　なんのために？」

「敵を油断させるためだ」

「隙《すき》がねえように見せるならともかく、間抜けに見せてどうしようってんだ？　敵の思う壺じゃねえかよ」

「じゃあ、犯人らしくねえと思わせるためだ」

「あんた、俺に犯人だと思って欲しいのか？」

「いや……」

浅木は恥ずかしそうに下を向いた。矢能はため息をついて、

「叔父貴は惚けてるにしても、あんたを理事長から外そうとしたのは正解だったな」

「いいかげんにしろよ」

「叔父貴に引退を勧めたのだって組のことを考えてじゃねえんだろ？　あんたが早く直参になりたかっただけなんだろ？」

「この野郎……！」

「そのあとのこともそうだ。あんたはずっと様子見を決め込んでた。佐村の件が自分にどんな影響を及ぼすかもまるでわかっていなかった。だから、あんたが犯人だとはとても思えん」

「言いてえこたぁそれだけか⁉」

「あ？　悪口を聞きたいって言ったのはあんただぜ」

「それにしたって程《ほど》があんだろう⁉」

「そうか？　俺はずいぶん気を遣って言ったつもりなんだがな」

「ふざけんな！」

「じゃあ悪口じゃねえほうの理由も聞かせてやろうか？」

「ん？」

「あんたは馬鹿じゃない。佐村を殺して状況の改善を図ろうとはせんはずだ」

「ツンデレかこの野郎⁉」

浅木は少し嬉しそうだった。わかりやすい男だ。矢能はそう思った。

「佐村を殺したって叔父貴が新たに理事長を指名すれば同じことだ。あんたにとってはなにも変わらない」

「そうだ！　そういうことなんだよ！　俺ならあんなやり方はしねえ！」

浅木は、我が意を得たりという顔をした。

「あんたなら叔父貴を殺す。そうだろ？」

「…………」

「叔父貴は年寄りだ。風呂で溺れたことにでもすりゃあいい。国吉の仕業に見せかける必要もない。あんたは現理事長だ。叔父貴さえいなけりゃあとのことはどうにでもなる」

「ま、そういうことだな……」

「そうされないうちに犯人は先に仕掛けた。これでもう、あんたは叔父貴に手を出せない。そしてあんたはいま非常にヤバい立場にいるってわけだ」

「…………」

ようやく浅木の顔に緊張感が漲《みなぎ》った。浅木はなにか考えていた。そして言った。

「いっそのこと俺のために働かねえか？　俺のために犯人を見つけてくれ」

「ほう」

「二木《おやじ》の仕事は断らねえでいい。逆に二木《おやじ》のために働いてるフリをして、なに企んでやがるのか俺に知らせてくれればいい」

「なるほど」

「別に二木《おやじ》に義理立てする理由はねえんだろ？　カネならはずむぜ」

「たしかに俺はカネで転ぶ人間だ。だがな、はしたガネじゃ上手く転ぶ自信がねえ」

「いくらだ？」

「着手金は一億だ」

「着手金？　よし、成功報酬としてなら払ってやる。それでいいな？」

「フッ、冗談だよ。俺はあんたのためには働かない」

「なに？」

「きょうは俺の勘を確かめに来たんだ。あんたって人間がよくわかったよ」

矢能は起ち上がった。浅木の顔が怒りに紅潮した。

「てめえ、俺を嘗めてんのか？　調子こいてやがるとせっかくカタギになったってえのに早死にすることになるぞ」

「ハハッ、あんたの威《おど》しは凄味がねえな。早いとこカタギになったほうがいいぜ」

そのまま部屋を出た。残る容疑者は三人になった。

第三章

追求しない

1

浅木の事務所を出て腕時計を見た。織本未華子と会う約束の時刻までは少し余裕があった。午後四時に、新宿東口の喫茶店で待ち合わせている。営業の外回りの途中、その辺りでなら時間が取れると言ってきたからだ。

東口でBMWを降りると谷繁を車で待機させて新宿通りをブラブラと歩いた。携帯ショップを見つけたので立ち寄って、佐村の携帯用の充電器を買う。四時ちょうどに喫茶店に入った。

織本未華子は先に来ていた。煙草を吸わないのに喫煙席で待っているとは上出来だ。そう思った。矢能の姿を見て慌てて起ち上がり、軽く頭を下げる。口がもぐもぐしていた。テーブルの上にはこの店のウリのスフレパンケーキがまだ半分以上残っていた。バターの塊が載った五センチほどの厚みがあるパンケーキにメープルシロップらしきものがたっぷりとかかっている。

「ごめんなさい。お昼を食べる余裕がなかったもので……」

口の中のものをようやく飲み込むと彼女は言った。

「いや、ゆっくり食べながら聞いてくれればいい」

矢能が向かい側の席に座ると彼女も椅子に腰を下ろし、

「じゃあちょっと失礼して……」

少し恥ずかしそうな笑みを浮かべてナイフとフォークを手にすると、再びパンケーキに向かった。

「まだ調べ始めて三日目だから、大したことはわかっちゃいないが……」

矢能はウェイトレスに炭火焙煎珈琲《ばいせんコーヒー》を注文して煙草に火をつけた。

「妹さんは今年の一月から二ヵ月ほど六本木のクラブでホステスとして働いていた」

「え？」

「佐村はその〈ショルテッツァ〉って店の客だ」

「全然知りませんでした。あの子がホステスなんて……」

「向いてないってことか？」

「あの子わがままだし、結構人見知りだから、とても接客業なんて務まるとは……」

「実際ダメなホステスだったようだ」

「じゃあなんで……？」

「その店に雪乃というホステスがいる。妹さんとは以前からの知り合いらしい。雪乃の紹介で〈ショルテッツァ〉に勤め始めてる。だがその雪乃も行方がわからない」

「え!?」

「妹さんが消えたのと同じ日から無断欠勤していて、電話にも出ないそうだ」

「……………」

彼女はナイフとフォークを置いた。食欲が失せてしまったのだろう。

「あんたから聞いてる話と実際に起きたことはかなり違う」

「え？」

「妹さんは佐村とつき合っていない。いくら調べてもそんな形跡は全く出てこない」

「え!?」

「つき合ってもいないのにそれをネタに脅迫されるわけがない。だからそれをあんたにメールで相談する必要もない」

「ど、どういうことなんでしょう？」

「わからない。だが早川美咲は佐村が消えた日の翌日に消えた。そしてきのう佐村の死亡が確認された。死体が見つかったんだ。他殺だった」

「！」

彼女は息を飲んだまま凍りついていた。

「かなり複雑な話になってきた。数日で結果が出せるとは思えない」

「…………」

「だから、あんたには日当を請求しないことにした」

「え？　終わりにするということですか？」

「いや、妹さんの件は最後までちゃんとやる。ただ、あんたは費用の心配をしなくていいということだ」

「でも、そんな……」

「実は、他から佐村の件の調査を依頼された。やることは同じだ。カネはそっちからふんだくるから気にしなくていい」

「…………」

矢能のコーヒーが届いた。しばらく無言でコーヒーを啜《すす》った。やがて織本未華子が言った。

「あの、では成功報酬の額を決めて下さい」

「それも必要ない。振り込んでくれた着手金だけでいい。ちゃんと報告はする」

「あ、ありがとうございます……」

「妹さんの友人の中に、雪乃だと思われる女はいないか？　普段は人を寄せつけないオーラを出しまくっているが、ホステスとしては優秀なタイプだ」

「美咲の友だちとはつき合いがなくて……。あの子、友だちの話とかしなかったし」

「履歴書によると本名は西田紗栄子となっているがデタラメかも知れん。住所のほうはデタラメだった」

「ニシダ、サエコ……、サエコ……、サエコ……」

ブツブツと呟いていた。

「あ、サエコさん！　サエコさんです！」

「誰だ？」

「美咲がなんかのお酒の席で知り合ったっていうスピリチュアル系の人です」

「あ？」

「なんか、すごく霊感が強い人で、相手の本質とか人生が見えちゃうらしいんです」

「占い師か？」

「いえ、プロじゃないんです。誰でも見えるわけじゃないらしくて。……でも見える人のことはすっごくよく見えるんだそうです」

「ほう」

「一時期サエコさんはすごい、サエコさんはすごいってよく言ってました。頻繁に見てもらってたみたいです。すっかりハマっちゃってたようで……」

「その女の写真はないか？」

「あ、ちょっと待って下さい。たしかメールに……」

彼女は横の椅子に置いたバッグからスマートフォンを取り出して、人差し指を振り回し始めた。

「あった。これです」

と、矢能にスマートフォンを突き出す。メールに添付されている早川美咲とのツーショット写真だった。美咲の隣で微かな笑みを浮かべたその女に特別な力があるようには見えなかった。少し冷たい眼をした美人のホステスという印象でしかなかった。

「この女の住所とか携帯の番号とかは聞いてないのか？」

「聞いてないです」

「他にこの女のことを知っていそうな奴は誰かいないか？」

「いえ……」

彼女は首を横に振った。

「なにか気がついたことがあったら連絡してくれ」

「あの……」

彼女は真っ直ぐに矢能を見つめた。

「その髪型、いい感じですね」

「そういうことじゃない」

矢能の携帯に写真を送ってもらって店を出た。コーヒーは依頼人の奢りになった。


昨夜は二木の家で遅くまで佐村の死体を見つけたときの様子や、死体を東大和市の工場に運んだ際の状況などを詳しく聞き、今後の展開について話し込んでいたために丸一日栞の顔を見ていなかった。一度事務所に戻って佐村の携帯の充電がてら栞の顔を見ておこうと思った。

矢能を見るなり栞が声を上げた。

「わ、カッコいい！」

「なにが？」

もちろん髪の毛のことなのはわかっていた。

「おねえさんに切ってもらったんですね？」

「ああ」

「ね？　腕がよかったでしょ？」

栞は自分の手柄のように言った。

「そうだな」

「ねえ、どうでした？」

「なにが？」

「おねえさん」

「ああ、いい感じだった」

「ですよね？」

栞は嬉しそうにケラケラと笑った。その笑い方は、少し美容室のおねえさんに似ている気がした。栞は彼女に影響を受けているんだろう。それはいいことだ、と矢能は思った。

「あした美容室に行って訊いてみます」

「なにを？」

「あなたのことをどう思ったか」

「訊かなくていい」

「わたしが訊きたいんです」

「向こうは客商売だ。悪くは言わんだろう」

「言い方でだいたいわかります」

栞はときどき大人のようなことを言う。

「なぜそんなことを訊きたいんだ？」

「わたしが好きな人にはよく思われたいじゃないですか」

「俺は、あまり人によく思われるタイプじゃない」

「あのおねえさんなら表面じゃなくて、もっと奥のほうまで見てくれると思います」

そう言われて織本未華子の言葉を思い出した。

雪乃。サエコさん。霊感の強い女。相手の本質や人生が見える。

佐村が〈ショルテッツァ〉に通っていたのは、雪乃に、自分の人生を見てもらっていたのではないのか。そして自分の身に危険が迫っていることを教えられた。そんな気がした。

充電器を箱から出しコンセントに繋いだ。佐村の携帯の充電を開始する。栞はミニキッチンに移動していた。コーヒーを淹れてくれようとしている。

「コーヒーはいい。緑茶にしてくれ」

「はーい」

栞はなんだかいつもよりニコニコしていた。

佐村の携帯の電源を入れ、外崎から聞いている端末暗証番号を打ち込む。着信履歴を開くと、延々と不在着信のマークが並んでいた。

〈事務所1〉、〈事務所2〉、〈本部〉、〈自宅〉、〈外崎〉などと登録された番号から繰り返し数十件の着信が入っている。佐村の女房だと思われる〈佐村響子《きょうこ》〉から十一件、理事の間下からも六件入っていた。燦宮会を割った〈澤地〉からは二件、理事長の〈浅木〉からも一件ある。

そして〈ライム〉と登録された番号から七件。佐村が消えた翌日に三件で、その後毎日一件ずつの着信が続いている。最後の着信は昨晩の23時04分だった。

電話帳を開く。あ行から順に見ていった。あさみも、西田紗栄子も、早川美咲も、雪乃も登録されていなかった。〈ライム〉の項には電話番号以外の情報はなかった。

そのまま電話をかけてみる。

「電源が入っていないか電波の届かないところに――」という音声メッセージが流れた。電話を切り、自分の携帯で次三郎《じさぶろう》に電話をかける。

「次三郎、いま大丈夫か？」

「次三郎って言うなよぉ」

次三郎が言った。

「いまから言う番号をメモしろ」

矢能は〈ライム〉の電話番号を伝えた。次三郎が復唱する。

「契約者を調べろ。名前と住所が知りたい。それと、ここ一週間の通話記録だ」

古谷《ふるや》次三郎は武蔵野署の盗犯係の刑事《デカ》だ。デカとしても人としてもクズだが、こういうときには生かしておいた意味を感じる。次三郎は阿《おもね》るような声を出した。

「じゃあ、俺の相談にも乗ってくれるかい？」

「あ？　お前に貸しはあっても借りはねえぞ」

「わかってるよ。わかってるけどさぁ、友だちだろ？」

「違う。すぐにやれ」

そのまま電話を切った。

栞と二人で和食の定食屋で晩メシを済ませ、帰りに一緒にスーパーを覗いた。栞は一生懸命に酒のツマミになりそうなものを選んでいた。矢能は栞が喜びそうなお菓子を探した。

部屋に戻って風呂に入り、そのあとは発泡酒を飲みながら栞とテレビのバラエティ番組を見た。栞はケラケラとよく笑っていた。矢能はそんな栞に笑顔を浮かべた。

栞が寝に行ってからも、外に飲みには出かけず佐村の携帯を目の前に置いて発泡酒を飲んでいた。連日〈ライム〉からの着信は決まって午後十一時前後に入っている。今夜もかかってくることに期待するしかなかった。

十一時を少し廻ったころに着信音が鳴り出した。矢能はすぐに出たがなにも言わなかった。相手が言葉を発するのを待っていた。だが相手もなにも言わない。

「どうか切らずに聞いて欲しい」

矢能は言った。返事はなかった。

「けして怪しい者じゃない」

それが正しいのかどうかはわからなかった。

「佐村の失踪を調べている探偵だ。あんたと会って話がしたい」

微かな息づかいが聞こえた。

「会う場所も時間もあんたが決めてくれていい。また連絡してくれ」

電話が切れた。

2

事務所の向かい側の中華屋で昼メシを喰ってから再び美容室に向かった。ガラスのドア越しに中を覗こうと近づいていくと、中からドアが開いた。

「こんにちはー」

チャーミングな笑顔が出てきた。

「ああ……」

矢能は少しうろたえていた。

「先ほど、一度覗いていかれましたよね？」

バレていたのか。

「忙しそうだったんで出直すことにしたんだ」

「いまなら大丈夫ですよ。どおぞっ」

促されるままに店内に足を踏み入れる。中には誰もいなかった。

「えーと、髪を、元の感じに戻してもらえないか？」

思い切って言ってみた。彼女の笑顔が曇り、悲しそうな顔になった。

「不合格でしたか……」

「いや、そうじゃない」

「栞ちゃんの反応は？」

「すごく喜んでた」

「じゃあなぜ……？」

「会う人間、会う人間に、頭のことをいじられる」

「それが嫌なんですか？」

「かなり抵抗がある」

「なんて言われるんです？」

「その……」

「カッコいい、とか？」

「…………」

「すごく似合ってる、とか？」

「まぁ、そんなところだ」

「どうぞ、お掛けになって下さい」

ドアのすぐ脇の、サーモンピンクの小振りなベンチソファーを勧められた。矢能が腰を下ろすと、彼女はレジが載った白いカウンターだかデスクだかにもたれるように立って、

「カッコよくて、似合ってて、なにがいけないんです？」

その顔には抑え目の笑顔が戻っていた。

「どうリアクションすればいいのかわからない。なんかイライラする」

「でも、元に戻すと栞ちゃんががっかりしますよ」

「栞の機嫌を取るために、我慢してろってことか？」

「そうです」

「…………」

普段の矢能ならヘソを曲げてしまうところだが、不思議と彼女に言われると不愉快ではなかった。栞が言う「いい雰囲気」のせいだろうか。ポケットの中で携帯が鳴り出す。取り出して見てみると外崎からだった。放っておくことにした。電源を切ってポケットに戻す。

「それに……」

彼女が言った。

「元の感じに戻すといってもかなり切っちゃってますし、わたしがやると、どうやってもカッコよくなってしまう恐れがあるので、もう諦めて下さい」

「…………」

「一ヵ月もすれば、あなたも周りの人たちも慣れちゃってなんとも思わなくなりますから大丈夫ですよ。たかが一ヵ月くらい、栞ちゃんのためなら辛抱できますよね？」

できないわけがない。

「わかった。つまらないことを言ってすまなかった」

「いえいえ、とんでもない。いきなりちょっとカッコよくし過ぎちゃったかも知れませんね」

そう言って彼女はケラケラと笑った。

「きょう、栞がここに来ると言ってた」

「栞ちゃんならいつでも大歓迎ですよ」

「あんたが俺のことをどう思ったか訊きたいそうだ」

矢能は苦笑いを浮かべた。

「フフッ、よく言っておきますから安心して下さい」

「いや、正直に言ってやってくれ」

「もちろん、正直に言うっていう意味です」

彼女の笑顔が営業スマイルだとは思えなかった。

「ならいい」

矢能は起ち上がった。

「いつも栞が世話になっているらしい。感謝してる」

「いえいえいえ、こちらこそ栞ちゃんにいっぱい元気をもらってますから」

ドアを押して店を出た。

「あの……」

彼女の声に振り返る。

「もし、わたしなんかでお役に立てることがあったら、いつでも声をかけて下さい」

彼女は丁寧にお辞儀をしてくれた。

「ありがとう」

自然にその言葉が出た。なんだか不思議な気がした。

事務所に戻ると携帯の電源を入れて、外崎に電話をかけた。

「あ、どうもお疲れ様です」

「なんだ？」

「中河内の嶋津から廻ってきた内容証明なんですが……」

「なんかわかったか？」

「ダメです。代理人として名前が載ってる弁護士に問い合わせてみたんですが、そのような案件は受任していない、という返答でして。しかも離婚専門の弁護士でした」

「ま、そんなとこだろう」

「土地の売却に反対してるとかいう相続権者ってのも、その人物は実在はしてましたが相続のことも土地のことも、なんの話だかわからないって言ってます。全くのガセですね」

「ああ。……他には？」

「理事の中で、誰が最初に国吉の仕業だって言い出したか調べてみたんですが……」

「どうせ収穫なしなんだろ？」

「それが、意外にも最初は冨野でした。冨野の若い衆が、嶋津組の者《もん》から直接聞いてきたってことらしいです」

「裏は取れてんのか？」

「いま確認させてますけど、具体的な個人名も出てますんで、まず間違いはなさそうですね」

「そうか」

「それから、理事連中からガンガン電話が入ってきてまして、矢能さんに早く会わせろって……」

「あ？」

「浅木が、矢能さんと会って容疑者から外されたって、吹きまくってんじゃないですかね？」

「放っとけ」

「それに、澤地の伯父さんも矢能さんに会いたいと言ってきてまして」

「澤地？」

「理事から外されて燦宮会を割った……」

「わかってる。理由は？」

「どっかから佐村《おやじ》の件が耳に入ったらしくて俺に電話で訊いてきたんで、これまでの状況を説明したんです。そしたら矢能さんに会わせろと……」

「わかった。こっちから連絡する」

伝えられた澤地の連絡先の携帯番号をメモして電話を切った。メモを見ながら携帯に登録して、すぐに電話をかけてみた。

「はい」

若い女の声がした。

「澤地さんの携帯じゃないのか？」

「どちら様でしょうか？」

「矢能という者だ」

「少々お待ち下さい」

しばらく待たされた。やがて野太い男の声が聞こえた。

「澤地だ。待たせてすまんな。ちょっとウトウトしてた」

「外崎から話を聞いた」

「いつなら会える？」

「きょう、これからってのは？」

「いま四谷三丁目の整体師のとこにいる。あと、……四十分ほどで終わる。そのあとなら構わん」

「じゃあいまから四谷に向かう。場所を決めて連絡してくれ」

「わかった」

電話が切れた。

谷繁が運転するＢＭＷで四谷に向かう途中、ルミネ新宿の脇を通過しているときに次三郎から電話がかかってきた。

「わかったか？」

「そりゃわかるさ。俺はこう見えてもれっきとしたデカなんだから」

「なんだ、きょうはヤケに強気だな？」

「キャリアはドコモだった。詳しいことは会ったときに教える」

「もったいつけるな」

「どうせ通信記録のデータを渡さなきゃなんないし」

「名前ぐらいいま言えよ」

「だから詳しいことは会ってからだって言ってるだろ」

「うるせえよ」

「で、いつにする？　俺はきょう六時以降なら空いてる」

「お前、なんか交換条件でも持ち出そうとしてやがるな？」

「話ぐらい聞いてもらう権利はあると思ってね」

「お前がいまもデカやれてんのも娑婆《しゃば》にいられれんのも、誰のお蔭だと思ってんだ？」

「わかってるよ。わかっちゃいるけどさぁ、それは友だちだから助けてくれたんじゃなかったのかい？　俺はあんたに友だちじゃないって言われて傷ついてるんだぜ」

「俺にだって友だちを選ぶ権利はある」

電話を切った。


澤地が指定してきたのは四谷三丁目の裏通りにある小さな中華料理屋だった。店の前で車を降りると澤地の若衆らしきスーツ姿の男が立っていた。矢能に頭を下げる。

「こちらです」

店の扉を開けて中を手で示した。一番奥のテーブル席に男が一人座っていた。矢能を見て軽く手を上げる。写真で見た澤地に間違いなかった。他に客の姿はない。澤地の正面に腰を下ろして振り返ると、案内の男は出入口に一番近い席に座ってこっちに背中を向けていた。

「ビールでいいか？」

澤地が矢能に訊ねる。矢能が頷くと澤地は注文を取りにきた二十歳ぐらいの女の子にビールと腸詰を頼んだ。

「ここは俺のお気に入りの店だ。本物の旨い中華を喰わせる」

澤地は歳は五十前だろうがなかなかの貫禄の持ち主だった。厳《いか》つい顔つきに愛嬌のある笑みが浮かんでいる。

「なのに、メシどき以外はいつもこの通り客が一人もいねえ。それでも昼休みなんぞ取らずに朝から晩までずーっと店を開けてる。年中無休でだぜ。偉いと思わねえか？東京のメシ屋ってのは昼休みを取り過ぎる。二時半から五時まで俺たちゃどこでメシ喰えばいいんだ？」

どうでもいい話だった。だが矢能も同じように思っていることだった。

「この店の従業員は全員が働き者の中国人だ。日本語はほとんどわからねえ。だから気にせずに喋ってくれていい」

すぐにビールと腸詰が運ばれてきた。女の子が二つのグラスにビールを注いでくれた。澤地はグラスを軽く持ち上げてからひと息に飲み干した。

矢能はグラスに口をつけずに言った。

「あんたが俺に会いたいと言ってきたのは、俺に聞きたいことがあるのか？それとも話したいことがあるのか？どっちだ？」

「両方だ」

澤地は手酌でグラスを満たした。

「どこまでわかった？」

「まだ大してわかっちゃいない」

矢能は応えた。

「俺は犯人を知ってるぞ」

澤地はそう言った。

3

「ほう。じゃあ言ってみろ。犯人は誰なんだ？」

矢能は煙草に火をつけた。澤地が薄笑いを浮かべる。

「その前に、あんたが容疑者をどこまで絞ったのか聞かせてくれ」

「俺にとって容疑者は、間下、秦、冨野の三人だ」

「フッ、正しい見立てだな」

「…………」

「もし浅木を疑ってるようなら、あんたと話す意味はないと思ってた」

「浅木はぬるすぎる」

「ハハッ、仰しゃる通りだねえ。ありゃ迷ってるうちに歳取っちまうような野郎だ」

「で、あんたが知ってる犯人ってのは？」

「秦だ」

「なぜ？」

「間下は浅木に近すぎる。二木《おやじ》が佐村を理事長にしようとしたのはなんでだ？　浅木の力を封じるためだ。違うか？」

「ああ」

「佐村が死んだからって、間下を次の理事長にしたんじゃ意味がない。二木《おやじ》がそんなことするわけがねえんだ」

「…………」

「冨野はポンコツだ。あいつが国吉の仕業に見せかけるような偽装をするか？」

「いや」

「理事になるのだってみんなが反対したんだ。長い懲役務めて戻ってきたといっても組のために体を懸けたってわけじゃねえ。二木《おやじ》の個人的な罪を被っただけだ。しかも罪状はレイプ殺人だぜ。そんなもん表に出せると思うか？」

「…………」

「二木《おやじ》は戻ってきたらちゃんとしてやるって因果を含めてたらしいが、冨野が留守のあいだに事情が変わった。燦宮会が菱口組の傘下に入って組は何倍もデカくなった。三十前の小僧のころから十八年も刑務所《ムショ》にいた冨野の座る椅子なんてねえんだよ」

「だがな、叔父貴が警察《サツ》に持ってかれてたら燦宮会は菱口組の直参にはなれてねえ」

「だったらなんだ？　冨野に菱口組二次団体の最高幹部としての能力があるかどうかの問題じゃねえか」

「まぁな……」

「ヤクザだって優秀な人材は大事にする。そもそも見込みのある奴なら最初《はな》から長い懲役に行かされたりしねえ。兵隊と将校は元々モノが違うんだよ」

「じゃあ十八年に対する見返りは？」

「だから俺は二木《おやじ》に言ってやったよ。あんたの持ってるカネ全部くれてやって、冨野をカタギでやっていけるようにしてやれってな」

「でも叔父貴はそうはしなかった」

「ああ、二木《おやじ》がゼニをケチりやがったのか、冨野がヤクザにしがみつきたかったのかは知らねえけどな」

「…………」

「あんただって本当はわかってんだろ？　佐村が死ねば理事長になれるなんて考えるような野郎は秦しかいねえんだよ」

澤地は苦笑いとともにビールを呷った。

「まだ可能性を狭めたくはない」

矢能は言った。

「佐村を殺す動機が、跡目争いじゃないとしたらどうだ？」

「あ？」

「いまのこのご時世に、跡目が欲しいから兄弟を殺すなんて短絡的な発想を、東京のヤクザ者《もん》がするとは考えにくい」

「フッ、九州ならともかく、か？」

「そもそも利益のために身内を殺すという考えがヤクザらしくない」

「たしかにな……。カネになるからって兄弟分を的にかけるようになったらヤクザも終《しま》いだ」

「なにかの怨みで佐村を殺したい奴がいた。普通は様々なリスクを考えたらなかなか実行には移せないもんだが今回は違った。いまなら浅木に罪を被せられるんじゃないか。あるいは跡目を欲しがってる奴に。そう考え出したら歯止めが効かなくなった」

「なるほど……」

澤地はグラスを見つめたままため息をついた。

「あんた、佐村とは親しかったのか？」

矢能はようやくビールに口をつけた。

「ああ。若いころはよく一緒に馬鹿やったもんだ」

澤地は怒ったような顔でグラスを干した。

「六本木の〈ショルテッツァ〉ってクラブを知ってるか？」

澤地は首を左右に振った。

「佐村がその店に通ってた」

「それがなんだ？」

「じゃあ、早川美咲という女は？　そのクラブでホステスをしてた」

「知らん」

「この女だ」

矢能は携帯を開いて写真を見せた。

「どのホステスも似たようなもんだ。この女がどうした？」

「この早川美咲は姉に、佐村とつき合ってると言っていた。そして佐村が消えた翌日に消えた。いまも行方がわからない。だが調べてみても佐村とつき合っていた形跡がまるでない」

「ほう、ミステリーだな」

「この女が佐村の件に無関係だとは思えない。この女の関わりがわかれば犯人も特定できるはずだ。なんか心当たりはないか？」

「そんなことを俺に教えちまっていいのか？　もし俺が犯人と繋がってたら、犯人はそれを嗅ぎつけられる前にあんたを狙うぜ」

「それならそれでも構わん。襲ってきた奴を締め上げるか、あんたを締め上げるか、どっちにしろそれで解決だ」

澤地はククク ッと笑い声を漏らした。

「おめえは楽しい野郎だな……」

そう言って右手のグラスを矢能のグラスにカチンと当てた。

「カタギになった気分ってのはどんなもんだ？」

「爽々《せいせい》してる」

「フッ、なんかあんたが羨ましくなってきたよ」

「あんたの組はいまどういう状況なんだ？」

「宇都宮の高田会長の預かりってことになってる。時期を見て会長が二木《おやじ》と話つけて俺に盃をくれるってえ流れだ」

「あんた、それを望んでるのか？」

「さぁな、若い者《もん》のこともあるし、まぁ流されてみるのもまた人生よ……」

澤地の口元に苦い笑みが浮かんだ。

「燦宮会に戻る気はないのか？」

矢能が二木から聞いた限りでは、二木と澤地のあいだに特にトラブルはなかった。自分の身代わりで長い懲役を務めた冨野に負い目がある二木は、なんとしても冨野を理事にせざるを得なかった。だが、理事たち全員がそれに反対した。最も強く反対したのが澤地だった。

そこで理事長の浅木が二木に取引を持ちかけた。澤地を理事から外すなら、冨野の理事会入りを承認すると。

浅木は澤地をライバル視していた。もし自分から理事長の座を奪う者がいるとすれば、それは澤地しかいないと考えていた。二木はやむを得ずその提案に乗った。澤地にいずれ必ず理事に戻すからと因果を含めようとしたが、嫌気がさした澤地は二木に盃を返して燦宮会を飛び出した。そういう経緯《いきさつ》なのだという。

「佐村は熱心にそれを勧めてくれてたよ。理事長になったら二木《おやじ》を説いて、必ず俺を理事として燦宮会に戻してやるってな。だが佐村はもういない」

「………」

「佐村がいない燦宮会に未練はねえしな。残ってるのはカスみてえな野郎ばかりだ」

「あんたから見て、次の理事長に一番相応《ふさわ》しいのは誰だ？」

「そんな奴はいねえ」

「じゃあ一番マシなのは？」

「そうだな……」

澤地はニヤリと笑った。

「あんただよ」

「あ？」

「俺が二木《おやじ》だったらそうするね。二木《おやじ》にはもう信頼できて力のある子分がいねえんだ。あんたが今回の問題を解決したら、その功績を理由に刑務所《ムショ》の笹健の叔父貴からあんたを譲り受けて理事長に据える。二木《おやじ》はあんたには酷《ひで》えことをしてねえからな。それで二木《おやじ》は安泰だ」

「くだらねえ」

矢能は吐き捨てた。

「だが理事連中はくだらねえとは思わねえぞ。いまごろ戦々恐々としてるだろうぜ」

澤地は真顔で言った。

「犯人だけじゃない。他の理事たちだって、あんたが理事長になるのを黙って見てるとは思えん。あんたがなに考えてんのかいろいろ勘繰ってるだろうな。本気で犯人を見つけようとしてんのか、それとも理事長に納まったときに邪魔な奴を犯人に仕立てようとしてんのか、なんてな」

「叔父貴にはっきりと否定させる」

「フッ、それを信じるかどうかは理事たちの勝手だ」

「…………」

「次に誰かが殺されるとしたら、それはあんただ」

「殺せるもんならな」

「ま、用心はしとけ。あんたが殺されるってえ幕引きは面白くねえ」

澤地は矢能のグラスにビールを注ぎ足した。

「なんなら若い衆何人か廻そうか？」

「いや、間に合ってる」

「尾形の組長にも話通しといたほうがいいんじゃねえか？」

「俺は笹尾組とは関係ない」

「一人で燦宮会と喧嘩しようなんて考えるなよ。腐っても菱口組直参の組織だぞ」

「戦い方はいろいろある」

「はぁ？」

澤地は呆れたような声を出した。

「あんたやっぱりカタギじゃねえし、探偵じゃねえな……」

「俺はカタギだ。少なくともそうなろうと努力してる。ヤクザの世界は面倒《めんど》くせえ」

矢能はビールをひと息に飲み干した。

「はっきり言って佐村の件も燦宮会のこともどうだっていい。だが俺は早川美咲の姉から依頼を受けた。妹がどうなったのか知りたいってな」

「それだけは、どうだってよくねえってことか？」

「いや、どうだっていい」

「じゃあなんで続けるんだ？」

「受けた依頼を途中で投げ出すなんて許しちゃくれない、おっかねえ奴がいるんだ」

「へえ、あんたにもおっかねえ相手がいるのか？」

「ああ」

「笹健の親分以外にか？」

「そうだ」

「面白えな。どんな人なんだい？」

矢能は話題を変えることにした。

「そんなことより、あんただって佐村の敵《かたき》を取りてえんだろ？　なんかちったあ役に立つことを思い出せねえのか？」

「役に立つことねえ、……たとえば？」

「理事たちの弱みとか、佐村が恨まれそうななんかとか……」

「ああ、そういうことか」

「どんな小さなことだっていい」

「佐村の弱みなら知ってんだがな」

「なんだ？」

「溺愛してる一人娘だ。その子のためにヤクザを辞めることを本気で考えてる時期があった」

「ほう」

「なんとか俺が説得して断念させたが、実の娘でもねえのにそこまで考えるのかって驚いたぜ」

「あ？　嫁の連れ子か？」

「いや、養子を取ったんだ。奴には子種がなかったらしい」

「…………」

佐村の気持ちはわかるような気がした。矢能にも養子の栞がいる。溺愛しているのかどうかは別にして。

「まぁ佐村だったら、兄弟分殺すくれえならとっととカタギになってただろうな」

澤地は笑って肩をすくめた。

そうかも知れない。だがそれは、娘のためならなんでもできるという意味だ。

矢能は思った。俺だって、栞を守るためなら誰でも殺す。

4

矢能が中野の事務所に戻ると、ほどなく次三郎がやって来た。

勝手に来客用ソファーに座り込んだ次三郎の一五〇キロを超える巨体に、古ぼけたソファーがミシミシと悲鳴を上げる。

栞がコーヒーを出そうとミニキッチンに向かうのを見て、

「エヘヘ、栞ちゃんはいつ見ても可愛いなぁ」

次三郎が細い目をさらに細くして言った。しわくちゃのスーツのポケットから取り出したタオルで汗を拭う。

「コーヒーは要らん。こいつはすぐに帰る」

矢能は栞に向かって声を投げた。

「やめてくれよ。きょうは話を聞いてもらうまでは帰らないぜ」

次三郎は、自分で断固たる言い方だと思っているらしい言い方をした。

次三郎は矢能より歳は一つ上なのだが、太っているのと前髪を下ろした髪型のせいでガキのようにも、ガキのように見える年寄りにも見える。座っているときでも息が荒く、一年中汗を拭いている男だ。

矢能は次三郎を見ていて燦宮会の間下を思い出した。同じように太ってはいるが、背は間下のほうが十センチほど高いし、オーダーしたYシャツを着てるお蔭で次三郎のように襟が反っくり返っていたりはしない。ヤクザと警察官の違いがあるとはいえ二人の見た目には駅前の銅像と幼稚園児の粘土細工ほどの差があった。

「いいから早く通信記録を出せ」

矢能は言った。次三郎は上着の内ポケットから折りたたんだ紙を取り出そうとしてわざとらしく手を止めた。

「こういうのだって犯罪なんだぜ。俺がそうまでして協力してんのに、こっちの相談には乗ってくれないってのか？」

次三郎は、たえず警察官にあるまじきトラブルを抱えていて、それらを自分で解決しようとはせず常に人をアテにする男だ。そして絶対に反省しない男だった。

「お利口にしてねえと、その肉に埋まった首が絞まることになるぞ」

矢能は二度とこいつのトラブルの相談など聞いてやる気はなかった。次三郎は小声でぶつぶつ言いながらもＡ４サイズの紙を引っぱり出して矢能に手渡した。

その通信記録は二枚あった。契約者も、使用者も西田紗栄子。住所は渋谷区恵比寿二丁目のマンションだ。やはり〈ライム〉は雪乃だった。

「よし、もう帰っていいぞ」

次三郎を見もせずに矢能は言った。

雪乃は〈ショルテッツァ〉を無断欠勤するようになって以降は、誰からの着信にも応えず佐村の携帯と美咲の携帯にだけ毎日電話をかけ続けている。

「冗談じゃねえよ。俺にタダ働きさせようってのか⁉」

次三郎が声を荒らげた。だが、コーヒーを運んできた栞を見て急に声を潜める。

「急ぎでカネが要るんだ。ヤバいんだよ」

「知らねえよ」

「五百万、いや、一千万あるともっといい。頼むから助けてくれよぉ」

「あ？　てめえ俺からカネを借りようってのか？」

「ち、違うよ。あんたから借りると、あとがおっかねえからさ、誰か他にカネを都合してくれる奴を紹介してくれればと……」

「どこの誰がてめえみたいな真っ黒けな野郎にカネを貸すんだ？」

「じゃあ、手っ取り早くカネになる仕事を廻してくれるとかさ」

「ねえよ」

「ホントに？　俺なんでもやっちゃうよ」

「そんなもんがあったらとっくに誰かがやってる」

「おいおい、俺は現職の警察官なんだぜ？　俺にしかできない仕事ってもんがあるんじゃないのか？」

「まぁ、そのうちそういう仕事が出てきたら声かけてやる」

「そのうちじゃダメなんだよ。時間がねえんだよ！」

そのとき、ノックもなしにドアが開いた。スーツ姿の二人の男が入ってくる。

「おうおうおう矢能ちゃんよお、一人前に生きてんじゃあねえよ」

マンボウのようなツラをした四十代の男が言った。

「お前最近燦宮会の周りうろついてるらしいな？」

もう一人のキツネのようなツラをした四十代の男が言った。

「なんだ、てめえら？」

次三郎が細い眼で二人組を睨みつける。

「こっちはいま大事な話をしてんだ。出直してこい」

「てめえこそなんなんだコラ」

マンボウ顔が眉間に筋を立てる。

次三郎は薄笑いを浮かべて上着の裾を開いた。ズボンのベルトに差し込んであった警察バッジを見せつける。

「とっととと帰らねえとしょっ引くぞ。クソヤクザが！」

「本部のマル暴だ」

矢能は次三郎に教えてやった。次三郎の余裕の笑みが凍りつく。

「あんた、どこのデカだ？」

警視庁組織犯罪対策四課のキツネ顔が言った。

次三郎は素早く起ち上がり、

「私《わたくし》、武蔵野署盗犯係の古谷巡査部長でございます」

言いながらドアに向かう。

「じゃあ、なにかあったら知らせろ」

そう矢能に言った。

「こんな悪党の事務所でなにやってんだ？　あ？」

マンボウ顔が次三郎の前に立ち塞がる。

「こいつは私が使ってる情報屋の一人でね。ではお先に……」

巨体を縮めるようにしてマンボウ顔の脇を擦り抜けると、そそくさと事務所を出て行った。

「フン、どっちが情報屋なんだか……」

キツネ顔が吐き捨てた。

矢能が栞を振り返る。栞はミニキッチンのコーヒーメーカーの脇に立ち、コーヒーは要るのかと訊ねるように小首を傾げた。矢能は首を横に振った。

「探偵じゃ喰えねえんで、とうとうヤクザに復帰することにしたってわけか？」

マンボウ顔が言った。マル暴コンビが矢能の正面のソファーに腰を下ろす。

「しねえよ」

矢能は煙草に火をつけた。

「じゃあなんで燦宮会の本部や、佐村や浅木の事務所に出入りしてんだ？」

キツネ顔が言った。

「お前らには関係ない」

「生意気なクチ利いてんじゃねえぞ。関係あるかどうかはこっちが決めるんだよ」

マンボウ顔が嘲るような笑みを浮かべた。

「佐村が姿を消したらしいな？」

キツネ顔が探るような眼をした。

「さあ」

「惚《とぼ》けんじゃねえよ。てめえが殺したんじゃねえのか？」

マンボウ顔が言った。

「あ？　俺が？　なんのために？」

フッ、と笑ってマル暴コンビは顔を見合わせた。

「お前、笹尾組から弾かれて、燦宮会に狙いをつけたんだろ？」

キツネ顔が言った。

「燦宮会の次の理事長はお前だって、二木の爺さんがほうぼうで吹いてるぞ」

「…………」

あの惚《ぼ》けジジイが！　矢能の奥歯がギリッと音を立てた。

「てめえが燦宮会の跡目狙って仕組んだ絵図《えず》なんじゃねえのかよ？」

マンボウ顔がツラを寄せてくる。

「馬鹿じゃねえのか？」

矢能は目の前の不細工なツラに、たっぷりと煙を吐きかけてやった。

「この野郎ッ！」

マンボウ顔が怒鳴り声を上げる。

「娘の前でデカい声を出すな」

矢能は言った。マンボウ顔が栞に眼を向ける。不細工な笑みを浮かべて、

「お嬢ちゃん、コーヒーでも淹れてくんねえかな？」

栞はそれを無視して背を向け、矢能が寝室代わりに使っている奥の小部屋に消えた。マンボウ顔は肩をすくめて、

「ヘッ、親父に似て可愛げのねえガキだな」

「殺すぞ」

矢能はそう言った。

「あ⁉　てめえ警察官を脅迫したな？　現行犯でパクってやろうか⁉」

マンボウ顔が咆《ほ》えた。

「じゃあ俺も弁護士に電話するとしようか」

矢能は煙草を灰皿に押しつけて、

「令状《フダ》も持ってねえデカが無断で入り込んできて、証拠もねえのに殺人の容疑者扱いしてくるんです、助けて下さいってな」

「フッ、冗談だよ」

キツネ顔が笑顔を見せた。

「お前がどんな反応するか見てみたくてな」

「見たんなら帰れ」

矢能は新しい煙草に火をつけた。

「佐村を捜せって、二木の爺さんに雇われたのか？」

キツネ顔が言った。

「さぁな」

「なんかわかったか？」

「さぁな」

「調子くれてんじゃねえぞこの野郎！」

マンボウ顔が起ち上がる。

「帰れ」

矢能は言った。

「きょうはこのくらいにしとこうぜ」

キツネ顔が起ち上がり、マンボウ顔の肩を叩いてドアに向かう。

マンボウ顔は舌打ちをして、

「警察《おカミ》に協力的じゃねえと、ヤクザくずれは生きていけねえぞ」

捨てゼリフを残してキツネ顔のあとを追った。

「大きなお世話だ」

矢能の言葉は激しく閉まったドアの音に掻き消された。

「栞、もういいぞ」

奥の小部屋に向かって声を投げる。ドアが開いて栞が顔を出した。

「あの人たちはなんなんですか？」

矢能のそばまで来て栞が言った。

「警察官だ」

「えっ!?　警察？　あれが？」

栞は信じられないという顔をしていた。

「あれでも次三郎よりはずっとマシな警察官だ」

「学校で習うこととは違います」

「ああ、世の中のほとんどのことがそうだ」

そのとき矢能の携帯が鳴り出した。登録されていない番号からだった。

「はい？」

「矢能さんか？」

その声には聞き覚えがあった。中河内一家の嶋津だ。

「ああ、あんたか」

「ほう、覚えててくれたのかい」

「なにか？」

なぜ携帯の番号を知っているのかは訊ねなかった。

「あんたと燦宮会の秦との繋がりは？」

「なにもない。秦がどうかしたか？」

「こないだ話した汐留の件で、以前陰でチョロチョロ動いてた事件屋を見つけたんで絞め上げたら、そいつは秦のために働いてたことがわかった」

「ほう」

「いまはもう手を引いてるようだがな。どうなってんだ一体？」

「秦も二度とあんたのシノギには手を出さない。こっちに任せてもらえるか？」

「ああ、それでいい。どうやらあんたが燦宮会の跡目らしいからな」

「その話はデマだ」

微かに嶋津の笑い声が聞こえた。

「まぁ、そういうことにしとこう」

電話が切れた。

5

「あの……」

矢能の正面のソファーに座った栞が遠慮がちに声をかけてきた。

「なんだ？」

考え事を中断して栞に顔を向ける。

「聞きたくないんですか？」

「なにを？」

「おねえさんが、なんて言ってたか」

「ああ」

聞きたいような、聞きたくないような気がした。

「なんて言ってた？」

彼女はよく言っておきますと言っていた。たぶんそうしてくれているのだろう。

「フフフ……」

栞がもったいつけるように笑った。

「アレはヤバいよ、って言ってました」

「なにが？」

「栞ちゃんにはまだわからないだろうけど、アレはヤバいって」

「どういうことだ？」

「あんなに恐い顔なのに？　って言ったら、だから子供にはわからないんだ、って」

自分だってガキのようなツラしてるくせに。矢能はそう思った。

「意味がわからない」

「ですよね？　でも、あなたには教えちゃダメだって」

「なぜ？」

「褒められると抵抗するタイプだからって」

「…………」

自分では、そんなふうに思ったことはなかった。だが彼女がそう言うのなら、そうなのだろう。

「でも、お前は俺に言いたいんだろ？」

「すごく言いたいです。でもおねえさんとの約束だから我慢します」

そう言われると、すごく聞きたいような気になった。だが、矢能も我慢することにした。

「メシ喰いに行くぞ」

矢能はそう言った。

晩メシを済ませて部屋に戻る途中で、携帯に情報屋から電話があった。飲みの誘いだった。栞が寝てからなら行くと応えた。情報屋は「またあとで電話する」と言って電話を切った。

部屋に戻ってから外崎に電話をかけた。

「叔父貴がくだらねえこと吹いてるらしいな」

「ああ、矢能さんを理事長にってヤツですか？」

「俺が怒ってるって、叔父貴にそう言っとけ」

「けど、これちょっと真剣に考えてもらうわけにゃいきませんか？」

「あ？　お前もか？」

「ええ、俺もお祖父《じい》さんに賛成です」

「あ⁉　なに言ってんだお前？　若い衆の一人も連れてねえ俺が、なんで理事長なんだよ⁉」

「だから、まずは佐村組を継いで下さいよ」

「あ？」

「組長不在の佐村組を矢能さんが引き継いで、そして次の理事長になる。これが一番いい流れだと思いますがね」

「佐村組はお前が継ぐのが筋だろう」

「ですが、俺じゃまだ貫目《かんめ》が足りませんから……」

「お前、理事になりたくねえのか？」

「いまなっても、なんの発言力もないじゃないですか」

「組織の古い体質を変えていくには、お前ら若い世代が頑張るしかねえんだぞ」

「無駄ですよ。いいですか、古い体質が変わるのは若い世代の頑張りじゃないんですよ。年寄り連中が全員死ぬか引退したときなんです」

「…………」

「かの、コペルニクスやガリレオ・ガリレイらが唱えた地動説が、ようやく世に受け入れられたのも、天動説を主張するジジイどもが全部くたばったからなんですよ」

「うるせえよ」

「俺の希望とすれば、矢能さんが直参になったところで俺を理事長にしてくれるってえのが理想的なんですがね」

「知らねえよ」

矢能は電話を切った。


十時に栞におやすみを言ってから部屋を出た。情報屋は新宿末広通りのメキシカンなバーで待っていた。

カウンターの中の髭の親父にテキーラを注文して、情報屋がいる隅のボックス席に行った。

「シオリンのご機嫌は麗《うるわ》しかったか？」

ワカモーレをツマミにビールを飲んでいた情報屋が笑顔を投げてきた。

「ああ」

矢能はそれ以上は言わなかった。

「あれ？　どうしたんだその頭？」

「美容師に任せたらこうなっただけだ」

「あ？　なんでえ、前の探偵と同じこと言っててんじゃねえよ」

「同じ美容師だ」

「へえ……」

情報屋は納得のいかない表情を浮かべた。矢能のテキーラが運ばれてくる。情報屋は中米産のビールのお代わりを頼むといつもの胡散《うさん》臭い笑顔に戻って、

「そういやおめえ、燦宮会の跡目に決まったんだってな？」

「デマだ」

「都内のヤクザ業界じゃあ、浅木のあとの理事長はおめえだって噂で持ち切りだぜ」

「噂なんてのはそんなもんだ」

「その噂のせいで佐村が消えたって話も一気に広まってる。おめえはその件で燦宮会に雇われたんだろ？」

「ああ」

「佐村は誰に殺《や》られたんだ？」

「いま調べてる」

「浅木だろ？」

「違う」

「違わねえよ。俺ぁちょっと面白え話を聞いたぞ」

情報屋は自信ありげに言った。

「なんだ？」

「こないだ話した浅木の貧困ビジネスの強制捜査だがな、捜査に着手する元になった情報ってのは、燦宮会の理事クラスからのリークらしいぜ」

「あ？」

「それ以外には考えようがない内容なんだそうだ。ガサ入れのときに、検察の人間と厚労省の役人がそう話してんのを都の福祉事務所の生活保護担当の若いのが盗み聞きしたんだ」

「…………」

「つまり理事長になったときのために浅木の影響力を排除しときてえ佐村が、浅木の資金源にダメージを与えようとしてリークした。だがそれを知った浅木に殺された。そういう筋書きなんじゃねえのかよ？」

「違う」

「じゃあどういうことだ？　他の理事の誰かが浅木を裏切ってるってのか？」

「そうだ」

「そいつは佐村を殺した奴なのか？」

「どうかな」

矢能は薄笑いを浮かべた。

「犯人見つけたらどうすんだ？」

「さぁな」

「いっそ理事長になっちまえばいいじゃねえか」

「ならねえ」

「なんでだ？　笹健への義理立てか？」

「違う」

「けどよぉ、もったいねえ話じゃねえか。ゆくゆくは菱口組の直参になれるんだぜ」

「そんなもんになりたいなんて思ったことは一度もない」

「カネだってドカドカ入ってくるんだぜ。探偵なんぞやってるよりよっぽどいいじゃねえかよ」

「カネが欲しいんだったら、最初《はな》から探偵なんぞやってない」

矢能は煙草に火をつけた。

「フッ、カッコいいねえ。……だけど、ホントはシオリンのためなんだろ？」

「違う。栞がいようといまいと俺はヤクザに戻るつもりはない」

「そいつぁ違うな。もし誰かにシオリンを取り上げられたりしたら、おめえは自棄《やけ》になってヤクザに戻っちまうに違《ちげ》えねえ」

情報屋はからかうように言った。

「そんなことはあり得ない」

矢能は言った。

「俺がそうはさせない」

情報屋が笑い声を上げた。

「ま、そうだろうよ。けどな、シオリンのためを思うんなら早いとこ嫁をもらえ」

「あ？」

「おめえみてえな父親だけじゃ、シオリンが可哀相だ」

「…………」

「やっぱ子供には母親が必要だ。そうだろ？」

「栞の母親に相応《ふさわ》しい女がそう簡単に見つかるとは思えんし、もしいたとしてもその女が俺を気に入るかどうかはわからん」

「だったら熱心に探すしかねえじゃねえか。人殺しの犯人捜してる場合じゃねえぞ」

「嫁探しは俺に向いてない」

「じゃあシオリンには母親はいらねえってのか？」

「…………」

「おめえはシオリンがいるだけで幸せかも知んねえがな、シオリンを幸せにするにはなにが必要かを考えろってんだよ」

「お前が言うな」

「そりゃそうだ。おい、ビールまだかよ⁉」

情報屋はカウンターに向かって大声を出した。すぐにガジョという、グアテマラ産のビールが運ばれてきた。

「他に、燦宮会絡みのネタはないのか？」

矢能は訊ねた。

「俺に情報を集めろって依頼してんのか？」

情報屋は八つ切りのレモンを齧《かじ》ると、瓶のままビールをラッパ飲みした。

「いや、役に立つ情報を持ってきたら借金を減らしてやると言ってんだ」

矢能がそう言ったとき、ポケットの中の携帯が鳴り出した。佐村の携帯だ。腕時計を見る。十一時を過ぎていた。

「雪乃さんだね？」

矢能はそう言った。

「本当に探偵なの？」

怯えたような女の声だった。

「そうだ。早川美咲の姉からの依頼で動いてる」

「美咲の？」

「ああ。……会ってくれる気になったか？」

「いいわ。あしたの午後四時、碑文谷《ひもんや》警察署のロビーで会いましょう」

「なるほど、安全そうだな」

「それでも、ちょっとでも不審なものを感じたら、即座に防犯ブザーを鳴らすわ」

「わかった。あんたが安心できる状況を作る」

「午後四時よ。遅れたらすぐに帰りますから」

「今後のため一つアドバイスしておく。そういう場合はすぐに帰らないほうがいい。相手が現れたときよりも、現れなかったときのほうが危険なんだ」

「え？」

「帰り道で攫《さら》われる可能性がある」

雪乃が息を飲む音が聞こえた。

「遅れずに行くよ」

矢能は電話を切った。

6

四時ちょうどに栞が起ち上がり、出入口に近い場所に置かれたビニールレザー張りのベンチに腰掛けて不安げな顔で周囲を見廻している女のほうに歩いて行った。

声をかけられた女は意外そうな顔のまま、栞が指差す方向を見た。矢能と眼が合うと小さく頭を下げる。矢能は起ち上がって雪乃に近づいていった。

「矢能という者だ」

声をかけた矢能と栞を見較べて雪乃が言った。

「あの、娘さん、ですか？」

「そうだ。ここじゃ落ち着いて話ができない。すぐそばにカフェレストランがある。そこでもいいか？」

雪乃が頷いて起ち上がる。栞が雪乃と手を繋いだ。雪乃の顔に笑みがこぼれた。

「この人、顔は恐いけど怪しい人じゃないんです」

隅のテーブル席につくと栞が言った。雪乃が微笑みを返した。

この店はハンバーガーやピザがウリの店らしいが、パブ風のカウンターもあった。いまどきのこの辺りの飲食店にはめずらしく、全てのテーブルに灰皿が置かれているのを見て矢能は嬉しくなった。土曜日の午後とはいえ時間帯のせいか、客は他に一組のカップルだけだった。

栞はアップルパイのアイスクリーム添えとアイスティーを、雪乃は生ビールを注文した。矢能もビールにしたかったが、栞の手前コーヒーにしておいた。

「ライムってなんだ？」

矢能は訊ねた。

「洗礼名です」

雪乃は少し照れたように言った。

「クリスチャンなのか？」

「昔はね。いまは人を見るときにだけ使っています」

「佐村を見てやってたのか？」

「ええ」

佐村の名を聞いて、雪乃の表情が曇った。

「佐村さんは、どうなったんですか？」

「あんたが警告した通りになった」

雪乃の顔が強張った。

「美咲は？」

「まだわからん。だが、あんたが感じた通りになっているだろう」

「………………」

雪乃は下を向いた。矢能は煙草に火をつけて、

「あんたはなにを知ってるんだ？」

「なにも……」

嘘を言っているようには見えなかった。

「じゃあ、なんでこの一週間隠れていたんだ？」

「隠れてなんかいません。携帯の電源を切って、部屋に籠《こも》ってただけ」

「なぜだ？」

「土曜に美咲と突然連絡が取れなくなって、すごく嫌なイメージが浮かんで、それが佐村さんのイメージと重なって、佐村さんとも連絡がつかなくて、怖くなって……」

この女のスピリチュアルな力というのは本物なんだろう。矢能にはそう思えた。

「頭が痛くて、胃がムカムカして、食欲はないし、眠れないし、ただお酒を飲むだけで……」

「そして毎日、佐村と美咲の携帯に電話をかけ続けた」

「まぁ、他にできることって、テレビのニュースを見るぐらいしかないし……」

注文した品が運ばれてきた。アップルパイを見て栞が「わぁ」と声を上げた。器用にナイフとフォークを使って一切れ口に運ぶ。

「うまいか？」

矢能が訊ねた。栞は満面の笑みで、

「超おいしいです」

雪乃は微笑みを浮かべてビールを飲んでいる。矢能はコーヒーをひと口啜った。

「……で、早川美咲と佐村の繋がりは？」

「別に……。彼女はわたしのヘルプについてただけだったし、だいぶ前にお店も辞めてたし……」

「個人的な関わりはなかったんだな？」

「わたしは知らない。もしあったんならわたしにはわかります」

「あんたの力で、一連の出来事の全貌は見通せないのか？」

「無理。わたしって、それほど大したもんじゃないから」

雪乃は投げやりな口調になった。

「わたしは人を見るだけ。はっきりとしたイメージが浮かぶときもあれば、なんにも見えないときもある。透視ができるとか予知能力があるとかじゃないの」

「佐村を見るようになったきっかけは？」

「以前見てあげたお客さんの紹介で店に来たんです」

「佐村には、なにが見えた？」

「最初は、いまの職業はあなたには向いてないとか、いま感じている幸せをなによりも大切にすべきだとか、そんなことを言ったと思います」

いま感じている幸せ、とは養子にした一人娘のことだろうか。

「そして、近々あなたに大きなチャンスがやってきます。でもそれは、あなたを幸せにするとは限らない。そう言いました」

それは燦宮会の新理事長に指名されることを指しているのだろう。

「しばらくしてからお見えになった佐村さんは、あんたの言った通りになった、って興奮ぎみで、それからは頻繁にお越しいただけるようになったんです」

「その後の佐村の様子は？」

「とても大きな不安を抱えていました。どうすれば解決するかはわかっているけど、その解決法を受け入れることができずにいたんです」

「どんな問題なのかは聞かなかったのか？」

「ええ。でも、受け入れることも退《しりぞ》けることも、死ぬよりも辛い、と言ってました。わたしはご家族の問題だと感じました」

「あんた、佐村がヤクザであることを知ってたのか？」

「いいえ。わたしはたぶんそういう種類の人だろうと思ってましたけど、佐村さんはそれを知られたくなかったようでした」

だから佐村は具体的な話ができずにいたのだろう。

「いつも美咲がそばで聞いていたからかも知れません。佐村さんは何度も、わたしと二人だけで会えないかと言っていました」

「それには応じなかったのか？」

「わたし、お客さんとプライベートな関わりを持ちたくなかったんで……」

雪乃は、客の前以外では人を寄せつけないオーラがハンパない、と聞いていたのを思い出した。

「あんたは佐村の問題にどんなアドバイスをしたんだ？」

「なにも。わたしは見えたことを伝えるだけで、こうしたら上手くいくとか、これをしちゃダメだとかがわかるわけじゃないから」

「その後、なにか変化は？」

「あるとき突然に、佐村さんの未来がなんにも見えなくなったんです。ある時点からすっぱり、ただの真っ暗な闇になっていて……」

佐村の死。

「本人にそれを伝えるわけにもいかなくて、ただ、危険が迫っています。くれぐれも気をつけて、とだけ……」

「なるほど」

「でも、その数日後に……」

雪乃が口籠った。

「なんだ？」

「先週の金曜日、美咲と会っていたときです。いきなり彼女の未来も、真っ暗な闇になって……」

先週の金曜日といえば、佐村が消えた当日だった。

「その翌日から二人とも連絡が取れなくなって……」

雪乃の顔は蒼白になっていた。矢能は雪乃が嘔吐するのではないかと思った。だが彼女はなんとか持ちこたえたようだ。ビールをひと息に飲み干し、グラスを持ち上げてお代わりを頼んだ。

「その先週の金曜日、あんたから佐村に電話をかけているな。なんでだ？」

「いいえ。わたしは翌日の土曜日からしか……」

雪乃は意外そうな顔をした。

「いや、かけてるんだ」

矢能は上着の内ポケットから、折りたたんだ雪乃の携帯の通信記録を取り出した。

「午後二時十八分から三分〇四秒通話している」

そう言って雪乃に通信記録を見せる。

「わたしじゃないわ」

「じゃあ美咲だ。その時刻、彼女と一緒にいたんだろ？」

「でも……」

「あんたが席を外してる隙に、あんたの携帯を使って佐村に電話をかけることはできたんじゃないか？」

「できたでしょうけど、……なんのために？」

「誰かに頼まれて、どこかに呼び出したんだろう。そこで佐村は襲われた」

「美咲が殺人犯の仲間だって言うの⁉　あの子はそんな子じゃないわ！」

雪乃が声を荒らげた。

「仲間だったら殺されはしない。なにも知らずに利用されただけだ」

「……」

「本来は佐村は行方不明のままのはずだった。美咲が殺される理由もなかった。だが犯人は、佐村にきっちりトドメを刺すことができずに逃げられた。佐村が死んだのかどうか確信が持てなかった。もし生き延びていたら犯人捜しが始まる。だから美咲の口を封じなければならなくなった」

「そうだったんだ……」

雪乃が注文したビールが運ばれてきた。おおよその事情が摑めたからなのか、それともビールのせいなのか、雪乃の頬にはいくらか赤味が戻っていた。さらにいくつか、美咲について訊ねてから矢能は質問を終えた。

「協力に感謝する。いろいろと役に立った」

「いいえ。あの、……犯人は見つかりますか？」

「あんたはどう思うんだ？」

雪乃はフッ、と笑みを漏らした。矢能をジッと見て、

「見つかりますね」

「だろうな」

「あの……」

アップルパイを食べ終えていた栞が声を出した。

「おねえさんは、わたしやこの人のことも見えるんですか？」

「ええ、少しはね。教えてあげましょうか？」

栞は笑顔のまま、少し怯えたような表情を見せた。

「いや、必要ない」

矢能は起ち上がった。

「ライムはいらない」

そう言った。


谷繁の運転するＢＭＷで事務所に戻る途中、矢能の携帯に着信があった。燦宮会の理事の一人、浅木の腰巾着《こしぎんちゃく》の間下からだった。

「なんだ？」

「早いとこ会ってくんねえかな。いつまでも容疑者扱いされてたんじゃ落ち着かねえもんでな……」

「俺はあんたを疑っちゃいない」

「え⁉　ホントか？　いや、そうだろうとも。そもそも俺には佐村を殺す理由なんてねえんだから」

「ああ」

「いやぁ、さすがだな。あんたはちゃんとわかってくれてんだな」

「話はそれだけか？」

「俺はあんたの力になれると思う。協力させてくれ」

「犯人捜しにか？」

「いや、今後の燦宮会のためにだ」

「あ？」

「外様《とざま》のあんたが、いきなり理事長になっても苦労が多いだろうと思ってな。だが俺はあんたの味方だってことを知っといて欲しいんだ」

「そりゃありがたい話だが、そう簡単に信じるわけにもいかなくてな」

「そりゃそうだろうとも。あんたの立場からすりゃ誰もが敵に見えるはずだ」

「理事連中は、俺が理事長になるのが面白いわけがない」

「俺は違うぜ。燦宮会のために、とことんあんたを支えていく覚悟だ」

「あんたを信用するにはどうしたらいい？」

「え？」

「俺の味方だってことを証明してくれないか？」

「ど、どうやって？」

「浅木のＮＰＯの件をリークして佐村に証明して見せたように、俺にも目に見える形で証明してくれよ」

「…………」

「心配するな。浅木にチクったりしねえよ」

間下が浅木にべったりだったのは、浅木が理事長だったからだ。間下は、その時々の権力者に擦り寄って生きていく種類の男だ。

自分が理事長になれる可能性など皆無であることを知っている間下にとっては、誰が理事長になろうと関係なかった。佐村が次の理事長に指名されるとすかさず佐村に擦り寄っていた。浅木を裏切って見せることで佐村の信頼を得ようとした。

佐村が消えたあとで、佐村の携帯に六度も電話を入れている間下が、犯人のはずがなかった。

「わかった。なにか考えてみる」

間下はそう言った。矢能は電話を切った。

残る容疑者は二人になった。

第四章

真相と違う

1

雪乃と会った翌日の日曜日、矢能は美咲の夫の早川次晴と会うことになった。織本未華子を通じてアポを取った。早川は、自宅のそばまで来てくれるのなら、と条件をつけてきた。

約束の午後二時ちょうどに指定された練馬区光が丘の駅前の喫茶店に入ると、早川は先に来ていた。目印の緑色のポロシャツを着た三十ぐらいの痩せた男が、近づいてくる矢能を見て怯えたような表情を見せた。

矢能が正面の椅子に腰を下ろすと、

「あ、あなたが探偵さんですか？」

早川は上ずった声で言った。

「ええ、矢能と言います」

これ以上怯えさせないように、少し言葉遣いに気を遣ってみた。

テーブルに置かれたアクリル板のお薦めメニューや、壁のポスターから察するに、この店は豊富な種類のハーブティーと天然酵母を使ったスイーツがウリらしく、ほぼ満席状態の店内は、早川と矢能を除いて全て女性客で占められている。当然のごとくどのテーブルにも灰皿は置かれておらず、喫煙が可能かどうかを店員に訊ねてみる気も起こらない類《たぐ》いの店だった。

早川のローズヒップティーを運んできた女にコーヒーを注文して、そう切り出した。

「奥さんの失踪の件、警察には届けたんですか？」

「もう少し、声を落として下さい」

早川は周囲の客の反応を気にしながら囁《ささや》くように言った。

だったらこんな店に呼びつけんじゃねえ。矢能はそう言いそうになるのをなんとか堪えた。

「どっちなんだ？」

少し声を抑えて言った。

「え？　あ、ああ、届けてません」

早川は、まだ周囲に視線を巡らせている。

「なぜ？」

「どうせ、その、なにもしてくれないだろうと思って。しばらく様子を見るしかないかなって……」

「失踪の原因に、なにか心当たりでも？」

「どうせ男のところにいるに決まってます」

「奥さんには、そういう相手がいたのか？」

「います」

早川は断定した。

「なぜあんたが知ってるんだ？」

「妻の様子を見てればわかりますよ。週に何度も夜に出かけては深夜まで帰らない。それがずっと続くんですよ。他になにが考えられます？」

「出かける理由を訊かなかったのか？」

「訊きましたよ、もちろん。そしたらなんて言ったと思います？　働いてるって言いやがったんですよ抜け抜けと。クラブのホステスだって」

と、吐き捨てるように言った。

「信じなかったのか？」

「当たり前でしょう。あんなにクソわがままで、ロクに敬語も喋れないような女に、ホステスなんか務まるわけがないんですよ。ふざけるなって言ってやりました」

「…………」

「あいつ馬鹿なんですよ。大学は行ってないし高校も偏差値の低いとこでね。こんな嘘で僕を騙せると思ってんだから。しかも馬鹿の上にまぁ強情な女でね。嘘じゃないって言い張るんでね、もう勝手にしろってなもんですよ」

「だが、ひと月ほど前からは夜の外出もなくなったんじゃないか？」

「ハハ、さすがは探偵だ。よくご存じですね」

早川は薄笑いを浮かべた。

「僕はてっきり男に捨てられたんだと思ってましたがね。でも、一筋縄ではいかない馬鹿ですからね、ひと月もしないうちに今回の家出ですよ。時機を窺《うかが》っていたに違いないんです」

コーヒーが運ばれてきた。だが、矢能は手をつけなかった。いいかげん腹が立ってきていた。

「奥さんは馬鹿かも知れないが正直な人だ。そして、あんたのほうが馬鹿だ」

「え!?　なんで僕が馬鹿なんだ？　会ったばかりのあなたになにがわかるんです？」

早川が気色ばむ。

「黙ってましたけどね、じゃあ言わせてもらいますよ。あなた口の利き方が横柄だな。なんで僕がそんなに上からものを言われなきゃならないんだ？」

最初の怯えは影を潜め、小役人らしい尊大さが滲み出ていた。

「馬鹿に馬鹿と言ってなにが悪い？」

「無礼だと言ってるんだ！」

少し大きな声を出した。周囲の客たちが振り返ったが、早川はもう気にもしていなかった。

「もうこれ以上、あなたと話す必要はない」

「早川美咲は、六本木のクラブ〈ショルテッツァ〉でホステスとして働いていた」

「え⁉」

「それにつき合っている男なんかいなかった」

これは雪乃に確認したことだった。

「う、嘘だ」

「そして、あんたが浮気していることも知っていた」

「！」

「もう離婚は避けられないと考えていた。だから離婚後の生活設計のためにホステスがやれるかどうか試してみた」

「嘘だ」

あきらかに動揺していた。

「美人だからすぐに雇ってはもらえたが、やはり続かなかった」

「嘘だ」

「学歴がないからロクな仕事は見つからんと思ったんだろう。出来もしないホステスをやってみようと考えるほど彼女を追い込んだのはあんただ」

「違う」

早川の声は弱々しかった。

「浮気はしてねえってのか？　俺は探偵だぞ。あんたにどんな女がいるのか、タダで調査してやろうか？」

「…………」

絶句した早川の口の端がヒクヒク震えている。

「自分の落ち度ではなく、嫁の浮気を理由に離婚に持ち込もうなんて呑気《のんき》に考えてたあんたこそ馬鹿だったたってわけだ」

「ち、違う。あいつだって浮気してたんだ！」

「誰と？」

「…………」

「誰とだ？」

「さ、佐村って奴だ」

「なぜ知ってるんだ？」

「そ、そんなこと、どうだっていいだろう」

矢能は早川の眼を見据えて言った。

「家に盗聴器でも仕掛けたのか？」

早川は慌てて眼を逸らした。

「嫁が頻繁に夜の外出をするようになって、浮気だと勘繰ったあんたは証拠を摑んで離婚に持ち込もうとしたんだろ？」

「いや……」

「脅迫のメールを送ったのもあんただな？」

「…………」

早川の顔は蒼白になっていた。

「姉との会話の中から、佐村という男の存在を摑みはしたものの、一向に嫁が佐村と連絡を取り合ってる様子がない。そのうち夜の外出もやめてしまった。焦《じ》れたあんたは他人の携帯から脅迫のメールを送って、嫁になんらかのアクションを起こさせようと考えた」

「…………」

「あんた、嫁がそのメールに観念して家を出たとでも思ってたのかい？」

矢能は冷たい笑みを浮かべた。

「浮気なんぞしてねえ彼女は、そんなメールは無視した」

「さ、佐村のことは調べたのか？　本当に浮気してないと言い切れるのか？」

早川が開き直ったように言った。

「調べた。佐村の件は彼女が姉だけについた嘘だ」

「じゃあ佐村ってのは誰なんだ？」

「クラブの客だ。彼女とはそれ以外になんの関わりもない」

「そんなこと言って、実は佐村に雇われてるんじゃないのか？　美咲との浮気の事実を隠蔽しようとしてるんじゃないだろうな？」

「佐村はもう死んでる」

あんたの嫁も、とは言わなかった。

「え⁉」

早川が息を飲む。

「じゃあ、美咲は？」

「そのうち戻ってくる。あんたから搾り取れるだけの慰謝料を取ってくれる弁護士を連れてな」

「……………」

早川は呆然と宙の一点を見つめていた。

「のんびり待っていればいい」

矢能は伝票を摑んで起ち上がった。早く外に出て煙草が吸いたかった。

事務所に戻ると栞が泣いていた。

「どうした⁉」

矢能は栞の隣に座り、肩を抱いた。栞は震えていた。

「なにがあった？」

精一杯の優しい声を出した。

「さっき、電話がかかってきて……」

またポロポロと涙がこぼれた。

「誰からだ？」

栞は首を左右に振った。

「なんて言われた？」

「オヤジに言っとけ、調子に乗ってると……」

言葉を飲んだ栞の唇が歪んだ。

「殺すって言ったのか？」

唇を引き結んだまま、栞が小さく頷く。

栞の実の父親は、栞が生まれるよりも前に殺された。母親は一年半ほど前に殺された。矢能に栞を預けた探偵も、栞の母親と同じ日に死んだ。

「もう、一人ぼっちになるのはイヤです」

そう言って、栞は矢能の胸に縋《すが》って泣き続けたことがあった。

絶対にお前を一人ぼっちになんかしない。そのとき矢能は栞にそう約束した。お前を残して死んだりはしない、と。

「大丈夫だ、心配はいらん」

矢能は栞の頭を優しく撫でた。

いまこんな電話をかけてくる相手は一人しか思い浮かばなかった。携帯を取り出して、登録してある番号の一つにかけた。

「矢能だ。秦を出せ」

秦の若い衆は、矢能が次の理事長と目されていることを知っているらしく、すぐに秦《おやじ》と連絡を取って折り返すように伝えます、と請け合った。

待つほどもなく事務所の固定電話が鳴った。

「秦だ。なんか用か？」

からかうような口振りだった。

「俺の事務所に電話したろう？」

矢能は言った。

「いましてるじゃねえか」

笑いを含んだ声が返ってきた。

「さっきもかけたんだろ？」

「さぁ、知らねえな」

「若い衆にかけさせたのか？」

「知らねえって言ってんだろうがよ」

　ちょいと凄味を効かせてきた。

「殺すと脅されれば、俺が尻尾を巻くとでも思ったのか？」

「カタギはカタギらしく、隅に寄ってろってことだ」

「てめえの指図は受けねえよ」

「お前、本気で理事長になれると思ってる馬鹿か？」

　そんなもんになるつもりはない、と正直に言えば、脅しに屈したと取られるのが癪《しゃく》だった。だからこう言った。

「理事長になれるなんて夢見てる馬鹿はてめえだろ？」

「お前、誰に口利いてるつもりだ？　マジで殺すぞ」

　矢能は鼻で笑った。

「俺はいままで、数えきれねえほどそんな脅しを聞いてきた。だがいまだに殺されてない。なんでだと思う？」

「知るかよ！」

「そのうち教えてやる」

「フン、そう言やお前、可愛いお嬢ちゃんがいるんだってな？」

「気をつけろよ。最近は通学路での事故が増えてるからな」

矢能の頭に血が昇った。俺は栞を一人ぼっちにしないと約束した。栞を残して死なないと約束した。だがそれは栞より長生きするという意味じゃない。

「お前は二つの間違いを犯した」

矢能は言った。

「一つは脅す相手を間違えたこと。もう一つは脅す言葉を間違えたことだ」

「だったらなんだ？」

「待ってろ」

矢能は電話を切った。

「あ!?」

2

「栞、六番町に二、三日泊めてもらえ」

矢能は言った。

四ツ谷駅からすぐの、千代田区六番町の住宅街にある古びた一軒家に、八十に近い婆さんが独りで住んでいる。栞も何度か泊まったことがある家だ。

その婆さんとは九年近く前に、ちょっとした事件絡みで知り合った。当時、ヤクザだった矢能は婆さんとその家をなにかと利用させてもらうようになった。それ以来、いつの間にやら婆さんとは親戚づきあいのような関係になっている。栞を孫のように思い、いつでも栞が訪ねてくれることを望んでいる婆さんだ。

「やっぱり、危険なことがあるんですね？」

栞が心配そうな顔をした。

「いや、危険はない」

「だったら……」

「だが油断していると思われたら、相手も脅かそうぐらいのことは考えるかも知れない。こっちが隙を見せなければなにも起こらない」

「ホントに？」

「ああ。ちゃんと戸締まりしていれば泥棒に狙われることもないが、鍵を開けっ放しで出かける家だと知られたら泥棒に狙いをつけられる。そうはしないというくらいのことだ」

「はい」

栞はしっかりと頷いた。

「ちょうど、そろそろお婆ちゃんに会いたいなって思ってたんです」

そう言って微笑みを見せる。

嘘を言っているわけじゃないのはわかっている。だが、その言葉には矢能に対する配慮も含まれているように感じた。矢能は少し申しわけない気がした。

栞がお泊りの用意をするのを待って、谷繁の運転で六番町に向かった。

「ああ、そう言えば……」

谷繁が言った。

「例の〈ショルテッツァ〉でホステスに目撃されてる、写真の男なんですが……」

「わかったのか？」

「ええ、時間がかかって申しわけありません。冨野組の若い衆で帆北《ほぎた》って野郎です」

「所在も確認してあるのか？」

「はい、ヤサもわかってます」

「まだそいつには接触はしてないな？」

「ええ」

「よし、しばらく泳がしとけ。眼を離すなって外崎に言っとけよ」

「了解です」

矢能はポケットから携帯を取り出した。帆北という名だとわかった男の顔は写真のプリントを携帯のカメラで撮って保存してある。それをメールに添付して織本未華子に〈この男を知らないか？〉というメッセージとともに送信した。

六番町の婆さんの家に着いたころには日が暮れかけていた。

「シオちゃん、ありがとねぇ」

婆さんは栞を見るなり強く抱きしめた。栞は照れたような笑みを浮かべてされるがままになっている。矢能は、栞を愛してくれる人間がいることを嬉しく思った。

「さぁさ、上がって上がって……」

ようやく体を離した婆さんが栞の手を引っ張る。矢能に眼を向け、

「きょうは一緒に晩ご飯、大丈夫なんだろ？」

「いや、俺はまだやることがある」

矢能は言った。

「そうなのかい？　残念だねぇ。でもまぁいいいやシオちゃんがいてくれるから……」

婆さんは栞に顔を向けてにっこりと笑った。

「栞をよろしく頼みます」

矢能は婆さんに頭を下げた。栞の頭を撫で、

「早ければ、あすの晩に迎えに来れる」

「いいよ、急がなくって。もっとゆっくり預からせておくれよ」

婆さんは本気の抵抗を示した。矢能は苦笑いを浮かべて玄関を出た。

表に駐めているＢＭＷのフェンダーにもたれて煙草を吸っていた谷繁が、

「さて、次はどちらに？」

「いや、お前はここに残ってこの家を見張れ」

矢能はそう言った。

「えっ？　マジすか？」

「冗談を言ってるように見えるのか？」

「マジかぁ……」

「あしたから栞を学校に送り迎えしろ」

「…………」

「一日二日《いちんちふつか》のことだ。どうせ暇なんだろ？」

「はぁ、まぁ……」

「それとも誰かの死体を見に行くほうがいいか？」

「やります。喜んでやらせていただきます」

だが谷繁は喜んではいなかった。

四ツ谷駅方向に向かって歩き、途中で拾ったタクシーに乗り込む。行き先を代々木八幡と告げた。このあとは佐村の嫁と会う約束になっていた。ポケットの中で携帯が鳴り出す。織本未華子からだった。

「矢能だ」

「ごめんなさい、連絡が遅くなって。お客様と会ってたもんですから……」

「写真の男に心当たりがあるのか？」

「美咲の元彼です。あの写真は坊主頭じゃないけど、肩にタトゥーがある人です」

「わかった」

電話を切ると、そのまま外崎の携帯を鳴らした。

「どうもお疲れ様です」

「帆北って野郎の身柄《ガラ》押さえろ。構わねえから攫って来い」

「了解しましたぁ」

外崎が歓喜の声を上げた。

佐村の自宅は代々木八幡駅からすぐの高級マンションの十一階にあった。

「矢能さんですね？　お待ち申しておりました」

笑顔で迎え入れてくれた佐村響子は四十を越えているはずだが、化粧けのないその顔は年齢を感じさせない充分な美しさを保っていた。その美しさはホステスやモデルとは違う、ふっくらと落ち着いた主婦の美しさだと矢能は思った。目尻の皺《しわ》を美しいと感じたのは初めてのことだ。

居間に通されると、奥のダイニングテーブルの椅子から少女が起ち上がった。

「こんにちは」

少女が恥ずかしそうに小さく頭を下げた。

「ああ、こんにちは」

矢能は応えた。少女は白のワンピースを着ていて髪を頭の両側で縛っている。背は栞よりもだいぶ大きい。おそらく六年生ぐらいだろう。母親とは似ていないが、可愛らしい顔立ちをしている。矢能は勧められたソファーに腰を下ろした。

「娘の優理愛《ゆりあ》です」

佐村夫人が言った。

「とっても可愛いお嬢さんだ」

矢能は言った。お世辞ではなく、佐村が溺愛するのも無理はないと思っていた。

「ありがとうございます」

夫人は嬉しそうに笑い、少女は照れたように微笑んだ。

「優理愛、ちょっとお部屋に行ってて」

夫人が声をかけると、少女は矢能に一礼して部屋を出ていった。

「コーヒーと紅茶、どちらがよろしいかしら」

「ではコーヒーを」

夫人は頷くとキッチンに向かった。

「こちらのお住まいは禁煙なのかな？」

矢能は訊ねた。

「あら、ごめんなさい。気が利かなくて……」

慌ててキッチンカウンターの上のクリスタルの灰皿を運んできてくれた。

「主人がいないと、つい出し忘れてしまって」

そう言った途端に、夫人の顔が悲しげに歪んだ。夫人はすぐに背を向けてコーヒーを淹れに戻っていった。

その居間にはシャンデリアなどブラ下がってはいなかった。カネはかかっていそうだが、シンプルで落ち着いた内装と、シンプルで上質な家具でまとめられている。

こんな女性を妻に選んで、この家に住んでいたヤクザの佐村に、矢能はいまごろになって興味が湧いてきていた。

矢能が煙草を一本灰にしたころにコーヒーが運ばれてきた。

「主人のことを調べて下さってると伺ってますけど」

夫人は矢能の正面のソファーに腰を下ろした。

「ええ」

「主人の行方は摑めたんですか？」

「ええ」

「…………」

夫人の顔は強張っていた。眼を見開いて矢能をジッと見つめている。矢能は伝えるべき言葉を持っていなかった。

「やはり、あの人は、死んだんですね……」

思ったよりもはっきりとした言葉だった。だがそれは質問ではなかった。自分自身に言い聞かせているようだった。

「残念ながら」

矢能はそれだけ言った。

見開いたままの夫人の眼から見る見る涙が溢れた。ふっくらした両の頰を伝って、形のいい顎の先から次々と落ちた。矢能は煙草に火をつけて、コーヒーを啜った。

しばらく無言の時が過ぎた。沈黙を破ったのは夫人のほうだった。

「間違いはないんですよね？」

「外崎が確認した。二木会長も遺体を見てる。他殺だった」

「なんで、なんであの人が殺されなきゃならないの？」

「いま、それを調べている」

「……………」

「あなたの知ってることを話して欲しい」

「わたし、わかってたんです。わかってたんですけど、でもやっぱり、どこかで期待していたんですよ。……馬鹿ですよね？」

夫人は笑みを浮かべようとして失敗した。

「そんなはずないのに。あの人が生きてるなら連絡してこないわけがないのに……」

「……………」

「でも意識がないままどこかの病院にいるとか、脳梗塞を起こして口が利けない状態になってるとか、絶対にあり得ないってことでもないんじゃないか、なんて……」

行方がわからぬままずっと心配し続けるのと、せめて死んだことだけでもわかっているのと、家族にとってどちらが幸せなんだろう。矢能はそんなことを考えていた。

そのとき矢能の携帯が鳴った。外崎からだ。夫人に「失礼」と言って電話に出る。

「なんだ？」

「すみません、しくじりました」

「あ⁉」

「帆北に逃げられました。いま若い者《もん》総動員して捜させてます」

「わかった」

電話を切る。そろそろ夫人との話を進めなければならない。

「ご主人は脅迫されていた」

矢能の言葉に夫人が息を飲んだ。

「お嬢さんのことで」

「わたしから、優理愛まで取り上げようって言うの⁉」

夫人が大声を出した。人を殺しかねない眼をしていた。

3

「勘違いしないで欲しい。俺はあなたの味方だ」

　矢能は言った。

「俺にも養子にした娘がいる。栞と言う。小学校の三年生になった」

「…………」

　夫人の眼がいくぶん穏やかになった。

「脅迫の内容は？」

「主人は、絶対に誰にも言うな、と言っていました。人に知られてはいけない、必ず俺が優理愛を守るから、と……」

「だがご主人はもういない」

　夫人は矢能の眼をジッと見つめた。

「あなたを、信じていいんですね？」

「ああ、損はさせない」

矢能は言った。夫人は一つ大きく息をついた。

「娘を、優理愛をわたしたちから、取り上げるって言ってきたんです」

「誰が？」

「あの子の、実の母親です」

「どういうことだ？」

「もう十年以上も前のことですけど、佐村の若い人が個人的な揉め事で人を殺しました。殺された人はヤクザじゃなかったんですけど金銭上のトラブルだったそうです。その人には奥さんと生まれたばかりの赤ちゃんがいて、その赤ちゃんが優理愛です。そのときはまだ、優理愛じゃなかったけど……」

「ああ、それで？」

「奥さんは酒浸《さけびた》りになっていて育児放棄のような状態だったんです。それを見かねた主人はわたしにその子を引き取りたいと言ってきたんです」

「あなたはそれを受け入れた」

「ええ、主人との子供はもう諦めていましたから……」

「そして適法に養子縁組を整えた」

「そうです。先方に然《しか》るべきおカネをお渡しして、この子の将来のためにはそのほうがいい、と納得もしてもらって、適正に手続きを済ませました」

「じゃあなぜ？」

「なのにいまごろになって先方の弁護士という方から連絡があって、養父になるのがヤクザの組長だとは知らなかった。知っていたら絶対に養子に出してはいない。あの子の父親はヤクザに殺された。娘までヤクザに奪われるなんて断じて許せない。そう主張して、養子縁組無効の訴えを起こすと言ってきたんです」

「…………」

「こちらも弁護士の先生に相談してみたんですが、最近の暴力団に風当たりがキツい世間の風潮ではとても勝ち目はない。和解に持ち込むしかないと言われて……」

「だろうな」

「最初は主人も、どうせカネ目当てだ、とタカをくくってたんです。あの女は子供に愛情なんて欠片《かけら》も持っていなかった。カネをせびろうとしてるだけだって……」

「だが、違った」

「どんな和解の条件を提示しても応じてくれないんです。やがて主人も、これは誰かが裏で絵を描いてる、と……」

「間違いない」

「主人は相手方の弁護士に、どうすれば和解に応じてくれるのかと訊ねました。返ってきたのは、ヤクザを引退し、二度とヤクザに戻らないという条件つきでなら和解を検討してもいい、というものでした」

「…………」

「主人は苦しんでいました。以前は優理愛のために、ヤクザを辞めることも考えてはいましたが、理事長になると決まってからは張り切っていたんです。澤地さんを呼び戻して組の古い垢《あか》を洗い流すんだって……」

「だがそうすればお嬢さんを失う」

「絶対に優理愛を諦めることなんてできません。それだけははっきりしていました。ただ、理事長の座を狙ってこんな薄汚い絵を描くような野郎の思惑通りに引退に追い込まれるのは耐えられない、と悔しがっていたんです。そして自分が辞めてその野郎が理事長になったら、燦宮会は完全にダメになる、と……」

「裏で尻《ケツ》掻いてる野郎の見当はついてなかったのか？」

「目星はつけてたのかも知れませんが、わたしにはなにも……」

夫人は目の前のコーヒーカップを見つめていた。遠くを見るような眼だった。

「主人は、これは組の問題じゃない。プライベートな問題だ。そう言って身内の若い人たちにも一切話していませんでしたから、調べようもなかったんだと思います」

もしもその段階で相談を受けていたら、きっとなんとかしてやれたはずだ。矢能はそう思った。

「それに、もし若い人たちの耳に入ったら、きっとそれぞれがなんとかしようと勝手に動いて、燦宮会の内部でトラブルが頻発する。そういったことも心配していたようです」

「佐村は追い詰められていた」

「ええ、……お酒を飲んでいて、突然『あの女さえ殺せば片がつく！』と叫んだこともありました」

たしかに、それが一番手っ取り早い。だが敵は、それをこそ待ち構えていたのかも知れなかった。殺人罪で長期刑を喰らえば、当然理事長就任の件は白紙に戻ることになるからだ。

「わたしは必死で止めました。こんなに優理愛を愛しているのに、育ての親が産みの親を殺すなんて、そんなことをして胸を張って優理愛を育てられますか、と……」

「………」

「主人に殴られたのは、そのときが初めてです。『じゃあどうしろってんだ!?　俺にクソ野郎の靴を舐めろってのか!?』と言って泣いていました」

「打つ手はなかった」

「遂に主人は決心したんです」

「ああ」

「あの日、主人の行方がわからなくなった日の朝、あの人は『きょう会長《おやじ》に話す』と言って出かけました。それしか言わなかったけど、ああ、ヤクザを辞める決心をしてくれたんだな、わたしにはそうとしか思えませんでした」

矢能は黙ったまま頷いた。

「なのに、なんであの人が殺されなきゃならないんです？」

夫人の眼から再び涙がこぼれた。

「それはまだわからない。だが、誰が殺したのかはわかっている」

矢能は言った。

「え!?　だ、誰なんです!?」

「近日中にお伝えできるはずだ」

そう言ってソファーから起ち上がる。

「あの……」

夫人も慌てて起ち上がった。

「訴訟は、優理愛の件はどうなるんでしょう？」

「ご主人が亡くなった以上、相手に訴訟を起こす意味はない。もう、なにも言ってはきませんよ」

夫人を安心させようと、少しだけ笑みを足してみた。

「そ、そうでしょうか……？」

夫人の顔から不安の翳《かげ》は消えなかった。

「もしなにかあったら力になります」

矢能は名刺を差し出した。

「必ず」


佐村のマンションを出てから外崎に電話をかけた。

「どうだ？」

「あの野郎、警察《サツ》に逃げ込みました」

外崎は申しわけなさそうに言った。

「もういい。放っとけ」

「えっ⁉　いいんですか？」

「ああ。それより冨野に会う段取りをつけろ。今夜のうちにだ」

「はい」

「ガタガタ言うようだったら叔父貴に電話させろ」

「了解です」

矢能は電話を切った。


ブラブラ歩いていて見つけたフレッシュネスバーガーで、クラシックＷＷバーガーのチーズ抜きと生ビールのグランデを頼んだ。

食後の煙草に火をつけたとき、外崎から電話があった。

「アポが取れました。自宅に来てくれと言ってます。若松町のマンションです」

詳しい住所はすぐにメールで送ると言った。

「あいつ、家族は？」

「いえ、独り暮らしです」

「時間は？」

「いつでもいいと言ってます」

「わかった。二十分で行くと伝えろ」

「あの……」

「なんだ？」

「佐村《おやじ》を殺したのは冨野ですか？　それとも秦？」

「どっちにしようかな」

外崎が息を飲むのが聞こえた。


「鍵は開いてるから勝手に入って来い」

インターホンがそう応えた。

冨野はリビングルームのソファーで独り酒を飲んでいた。家政婦でも雇っているのか中年男の独り暮らしにしては見苦しくはなかったが、殺風景に過ぎる部屋だった。

「なんか飲むか？」

無表情に冨野が言った。

「あんたはなにを飲んでるんだ？」

矢能は訊ねた。

「ヘネシーのオンザロック」

「じゃあ同じものを」

「流しにグラスがある。自分で取ってこい」

ほとんど使われたことがないようなキッチンでロックグラスを見つけ、それを手にリビングに戻る。冨野の正面に座り、グラスに氷を入れてボトルから酒を注いだ。

「なんの用だ?」

冨野が言った。昏《くら》い眼をしていた。

「俺に会いたいんじゃなかったのか? 外崎に電話入れたんだろ?」

矢能は言った。冨野がフン、と鼻を鳴らす。

「若い者《もん》が勝手にやったことだ。俺はてめえのツラなんざ見たくもねえ」

そう言ってグラスを呷った。

「なんの用だ?」

「早川美咲を殺したな?」

「…………」

「あんた以外にはいないんだよ」

「理由はそれだけか?」

「帆北を生かしといたのはマズかったな」

冨野の眼が鋭く矢能を捉えた。

「帆北になにをした？」

「なにも。ただ、もうあんたにも殺せないことだけは確かだ」

「…………」

冨野はゆっくりとグラスに酒を注ぎ足した。

「あいつは数少ない俺の味方だ。殺せるわけがない」

そう言ってフッ、と笑みを漏らした。

「いまここでお前を殺したら、俺は助かるのかな？」

「無理だ。俺がここに来てることは二木の叔父貴も知ってる。このまま俺が消えたら、自白したようなもんだ」

「そうだな……」

冨野は笑顔のまま、グラスの氷の音を聞いていた。

4

「佐村のことはどうでもいい」

矢能は言った。

「あんたがやったんじゃないことにしたっていい。だが、早川美咲を、素人の主婦を殺したことは見過ごしにはできん」

「てめえは正義の味方かよ？」

薄笑いを浮かべて冨野が言った。

「ついこないだまでヤクザだったクセしやがってよぉ」

「これがいまの俺の仕事だ」

「だったらどうしろってんだ？」

「早川美咲が埋まってる正確な場所を若い衆から聞いた上で、警察《サツ》に自首しろ」

「お前の言う通りにすれば、佐村の件は見逃してやるって言ってんのか？」

「俺には犯人を見つけられなかった。それだけのことだ」

「嫌だと言ったら？」

「あんたは佐村殺しの犯人として燦宮会から処罰される」

「自首すれば、命だけは助かるってことか……」

「そうだ」

「俺は、もう刑務所《ムシヨ》は飽きた」

冨野の顔からは笑みが消えていた。

「十八年だぞ。やってもいねえレイプ殺人で十八年も蒸されてたんだぞ。あ⁉」

「…………」

「そうやって俺は二木《おやじ》を守った。組に貢献した。なのに、なんで誰も俺に敬意を払わないんだ？　なんでだ⁉」

「ああ」

「二十八の歳から十八年。四十六にもなって戻ってきた俺を、どいつもこいつも小僧扱いしやがって。どういうことなんだ⁉」

「組織が急激にデカくなったせいだ」

「それは誰のお蔭だ？　俺が二木《おやじ》を守ったからじゃねえのか⁉」

「誰もが自分の手柄だと思ってる。菱口組の傘下に入って組織が発展していくとき、皆それぞれがすごく頑張った気になってる。だが、そのときあんただけがそこにいなかった。俺たちが必死で汗を流してるときに、ずっと留守にしてた野郎がなんで理事なんだ？　そう思った。留守のあいだのあんたの苦労も忘れてな」

「そうだ。それが俺は気に喰わねえんだ」

「最近は、組ン中で出世するのは長い懲役に行ってねえ人間ばかりだからな」

「ヤクザは臭いメシ喰ってナンボだろう？　佐村なんざぁ一度も刑務所《ムショ》に行ってねえのを自慢にしていやがった。それが賢いヤクザだってか？　あ？」

「叔父貴にはちゃんと話したんだろ？」

「戻ったら二木《おやじ》は年寄りになってて、すっかり腰が挫《くじ》けていやがった」

「…………」

「なんで俺が理事になるのを他の奴らに反対されなきゃならねえんだ？」

「レイプ殺人という罪状も聞こえが悪かった」

「なんだそれ？　そもそも俺は、レイプ殺人なんかの身代わりを引き受けたわけじゃねえんだぞ」

「あ？」

「俺は当時、二木《おやじ》のボディガードをしてた。だがその日は別件で動いてた。そしたら浅木の兄貴に呼ばれて、二木《おやじ》がシャブでテンパって情婦《おんな》とヤッてる最中に絞め殺しちまった。お前代わりに警察《サツ》に出頭しろ。事故みたいなもんだ。五、六年で出られる。そう言われたんだ」

「……………」

「二木《おやじ》は連込み宿に死体を置き去りにしたままで逃げてきてた。いまさら死体を消すわけにもいかねえ。二木《おやじ》がパクられりゃ前科《マエ》もあるしシャブも乗っかる。誰かが行くしかねえってな」

「ああ」

「俺はな、ボディガードを命じられたとき、本気で二木《おやじ》の楯になってくたばる覚悟を決めた。それがヤクザだってな。その俺が、死ぬのはいいけど刑務所《ムショ》は嫌だ、なんて言えるか？」

「そうだな」

「だがパクられてみりゃあ死んだのは攫われた女子高生で、俺は拉致、監禁、強姦、殺人の罪で起訴された。信じられるか？」

「酷《ひで》え話だ」

「だからって俺になにができる？　本当は二木善治郎がやりましたって言えってのか？　二木《おやじ》を警察《サツ》に売って、そのあと俺がヤクザで生きられると思うか？」

「ヤクザを辞めようとは思わなかったのか？」

「まだ若かったんだろうな。ヤクザ以外の生き方なんて考えたこともなかった」

冨野は苦い笑みとともに酒を呷った。

「出てきたら必ずお前を跡目にする。弁護士を通じて言ってきた二木《おやじ》のその言葉だけを支えに俺は耐えてきたんだ」

「ああ」

「俺が刑務所《ムショ》ん中でなにを考えてたと思う？　二木《おやじ》がイッてりゃよかったのに、射精さえしてりゃあＤＮＡ鑑定で身代わりなんぞ利かねえ。なんでイッてから殺さねえんだって、そればっかりだ」

「…………」

「浅木の兄貴が理事長でいるうちはまだマシだった。兄貴も俺を身代わりにしたことに、多少の負い目を感じてたんだろう。だから一番反対してた澤地を理事から外してまで俺を理事にしてくれた。いずれ兄貴が跡目を継げば俺を次の理事長にしてくれんじゃねえか、なんて淡い期待も抱《いだ》いていられた」

「…………」

「だが兄貴は理事長から外されて、次は佐村だって言う。ふざけんなって話だろう？　佐村なんぞが理事長になりゃ、澤地呼び戻して代わりに俺を理事から外すに決まってる。俺はな、理事ぐらいじゃ全然足りねえと思ってんだ。なのに理事の座まで奪われたらどうなる？　俺の十八年はなんだったんだ？　そうだろ？　え？」

「だから佐村を殺したのか？」

「俺は馬鹿だった。甘かった。だから刑務所《ムショ》ボケなんて陰口叩かれるのかも知れねえな。佐村と話してみようと思ったんだ。腹を割って話せばあいつもわかってくれるんじゃねえかと思った。だがそれは大間違いだった」

「わかってくれなかったのか？」

「それどころかよ、俺を小僧扱いしやがった。四十八の俺を、十五、六のガキみてえにな……」

冨野の眼には怒りの炎が宿っていた。

「あの日、本部で顔を合わせたとき俺はあいつに言った。重要な話がある。少し時間を空けてくれってな。あいつにもどんな用件かは察しがついてたはずだ」

「ああ」

「なのにあの野郎、なんて言ったと思う？」

想像はついたが、なにも言わなかった。

「それどころじゃない。それだけだ」

「…………」

「俺は頭に血が昇った。その瞬間に殺すことを決めた。すぐに若い衆走らせた。佐村が中河内の嶋津と揉めてるって話が耳に入ってたんで都合がいいと思った」

「早川美咲を使って呼び出したんだな？」

「ああ、だが佐村に警戒されてた。トドメを刺せずに帰って来やがった。俺が自分で行けばよかった。そのせいであの女には気の毒なことをした」

「帆北が殺したのか？」

「いや、あいつは女に呼び出しを頼んだだけだ。女が死んだことも知らん」

冨野は帆北に責任が及ばぬようにしようとしてるのではないか。そんな気がした。自分独りで責めを負う覚悟なのではないかと。

「そうか」

「二木《おやじ》がすぐに佐村の死をあきらかにしてれば、女は死なずに済んだんだ」

「そうかも知れん」

「だが俺は後悔はしてねえ。結果佐村は死んだ。ザマぁ見やがれってなもんだ！」

「佐村を殺す必要はなかった」

矢能は言った。

「あ!? てめえになにがわかる？」

冨野が声を荒らげた。

「俺の十八年を、それどころじゃない、のひと言で片付けられた俺のなにがわかるってんだ!?」

「佐村にとっては、本当にそれどころじゃなかったってことだ」

「あ？　嶋津とのトラブルか？」

「違う」

「じゃあなんだ？」

矢能は佐村が抱えていた問題を話した。娘を奪われる恐怖の中で引退に追い込まれていったことを。突然、冨野が笑い声を上げた。

矢能は黙ってそれを見ていた。ひとしきり笑って、笑いが収まると冨野は言った。

「たしかにな、てめえがヤクザとしての死刑宣告を受けてる立場なら、俺が理事じゃなくなるかどうかなんてのは、それどころじゃねえ話だろうよ」

「あの日、佐村は叔父貴に引退を告げるつもりだった。嫁にそう言って家を出てる」

「俺があと一日待ってりゃあ、佐村を殺す理由はなくなってたってわけか……」

冨野は無表情にグラスを見つめた。

「佐村も、あんたも、ツイてなかった」

矢能は言った。冨野はグラスを見つめたままだった。

「俺の人生は、ずっとツイてねえ……」

そう言った。


翌日はめずらしく昼前に起きた。テレビをつけて十一時台のニュース番組を頭から見たが、冨野の自首はまだ報じられていなかった。

シャワーを浴びて着替えを済ませ、向かいの中華屋でメシを喰ってからタクシーで燦宮会本部に向かった。

矢能が指定した午後二時よりも少し前に到着した。重い鉄板入りのドアを開けて中に入ると、階段の下に外崎が立っていた。

「揃ってるか？」

矢能が訊ねる。

「冨野だけがまだ来てません。嘗めてやがんですかね？」

　外崎が言った。

「構わん。始めるぞ」

　矢能は階段を上がった。外崎があとに従う。会議室に入ると、最初にここを訪れたときと同じように奥のソファーに二木が座り、その正面の馬鹿デカいL字形ソファーには理事連中が座っていた。ただ一人、冨野を除いて。

「おい探偵」

　秦が声を投げてきた。

「てめえが待ってろってえから楽しみに待ってりゃあ、なんにも仕掛けてこねえじゃねえかよ。カタギの喧嘩は口だけか？　あ？」

「待ってろ」

　矢能は二木の隣に腰を下ろした。外崎はドアの前に立っている。

「なんだとこの野郎、偉そうな口叩きやがって！」

　秦が声を荒らげる。

「黙ってろ！」

　二木が一喝すると、秦は不貞腐れたようにそっぽを向いた。

「犯人は見つかったのか？」

浅木が言った。

「俺は容疑者を二人に絞った。秦と冨野だ」

矢能はそう応えた。

「どっちなんだ？」

二木が言った。

「あんたらに決めてもらおうと思ってな」

矢能は言った。

「じゃあなんで冨野は来てねえんだ？　逃げたんじゃねえのかよ⁉」

秦が言った。

「お前はやってねえってのか？」

間下が言った。

「おう。俺には佐村を殺す理由なんてねえからな」

秦が言った。自信たっぷりな薄笑いを浮かべていた。

「理由がねえってこたぁねえだろう。佐村が消えりゃ理事長に一番近いのはお前だ」

浅木が言った。

「そうだとしても……」

秦が笑顔を浅木に向けた。

「それが殺す理由にはならねえ。殺さなくたって佐村を消すことはできるからな」

「どういうことだ？」

間下が言った。

「とにかく、兄弟分殺すなんてのは馬鹿のやることだ。俺は馬鹿じゃない」

秦は煙草に火をつけた。旨そうに煙を吐き出し、

「もし、その探偵の言う通りに容疑者が俺と冨野しかいねえんだったら、犯人は冨野に決まってる。あいつは馬鹿だし、俺はやってねえんだからな」

5

「冨野には動機がない」

浅木が言った。

「いくらなんでも、佐村が死ねば自分が理事長になれるなんて考えるほど馬鹿じゃあねえだろう」

「だったらなんで冨野は来ねえんだ？」

秦が言った。

「なに考えるかわからねえから馬鹿なんだよ」

「まだ、二時を過ぎたばっかりだ」

腕時計を覗いて間下が言った。

「そろそろ来るんじゃねえか？」

「じゃあ、来なかったら冨野が犯人ってことでいいんだな？」

秦が間下に嘲るような眼を向けた。間下はムッとして、

「じゃあ冨野が来たらお前が犯人ってことでいいのか？」

「ふざけんな！　俺がやるわけねえだろう！」

秦が声を荒らげる。

「おい探偵、お前ホントは俺がやってねえって知ってんだろ⁉」

「それがわかってるなら、ここにあんたらを集めたりはしない」

矢能はそう言った。

「嘘をつけ！　てめえ嫌がらせのつもりか？　お⁉」

秦が銀縁の眼鏡を外す。

「待ってろってのはこのことか？　ちったあヒヤヒヤさせてやろうってか？　嘗めんじゃねえぞ！」

「偽装の件はどうなんだ？」

間下が言った。

「佐村と中河内の嶋津が揉めてるなんて偽装を、冨野がやったなんて考えられねえ」

「それは秦が仕組んだことだ」

矢能が言った。

「汐留の土地の開発にひと齧《かじ》りできそうだと踏んだ秦は、事件屋を使って動き出した。だがそれが嶋津の案件だとわかってすぐに手を引いた。あとあと面倒にならねえようにと、近々引退する佐村に被せようとしたんだ」

「引退？」

浅木が声を上げた。

「どういうことなんだ？」

「ヘッ、やっぱりわかってんじゃねえかよ」

秦が矢能に薄笑いを投げてくる。

「その通りだよ。俺が理事長になった途端に国吉とのトラブルなんて、ゾッとしねえからな。辞めていく野郎に全部背負《しょ》ってってもらおうと思ったんだよ。冨野の馬鹿はそれを利用して佐村を殺しやがったんだ」

「なんのために佐村を殺すんだ？」

間下が言った。秦は肩をすくめた。

「さぁな、佐村が理事長になったら、てめえが理事から外されるとでも思ったんじゃねえのか？」

「それぐらいのことで人を殺すか？」

浅木が言った。

「知らねえよ。冨野に訊いてみな」

秦はそう応えた。冨野の十八年の思いなど、この連中には、それぐらいのこと、としか受け止められないようだ。

「佐村が引退ってなぁ、どういうことなんだ？」

二木が矢能を振り返る。

「探偵、教えてやれ。そして、俺の潔白を証明してくれよ」

秦はニヤニヤ笑っていた。

そのときドアが開いて、男が一人入ってきた。だがそれは冨野ではなかった。

「いま、冨野組から連絡が入りまして……」

本部付きの若い衆が言った。

「冨野の組長が、自殺したそうです」

部屋に衝撃が走った。

「風呂場で、匕首《ドス》で腹を十文字にかっ捌《さば》いて、頸動脈を切ったらしいです」

誰もが息を飲んでいた。

その沈黙を破って、ヒュー、と口笛が聞こえた。秦だった。

「スゲエな、やることが。江戸時代かよ？」

全員の刺すような視線が秦に向けられた。だが秦は悪怯《わるび》れもせず、

「最期にてめえが男だって示したかったんだろうぜ。な？　馬鹿だろ？」

「遺書は？」

間下が言った。若い衆は首を横に振った。

「まだわかりません。冨野組は指示を仰いできてますが、どうしますか？」

「普通に警察に届けろ。問題はない」

矢能が言った。誰も異を唱える者はいない。若い衆は一礼して部屋を出ていった。

「どうだ？　これでわかったろ？　冨野はもう逃げらんねえと思って、組に殺されるより先にてめえで腹ァ切ったんだよ」

秦が言った。

「俺はゆうべ、冨野に自首を勧めた」

矢能は言った。

「冨野が、早川美咲という主婦を殺したことがわかったからだ」

「あ!?　誰なんだ？」

浅木が言った。

「佐村が通ってた六本木のクラブで、佐村についていたホステスだ。冨野はその女を使って佐村の情報を探らせた」

半分は真実で、半分は嘘だった。

「佐村を殺すための情報だろ？」

秦が言った。矢能はそれを無視した。

「その女が佐村に寝返ったのか、冨野を強請《ゆす》ろうとしたのか、詳しいことはわからんが、冨野は若衆に命じて殺したことを認めた。だから俺は自首しろと言った」

「刑務所《ムショ》に行くくれえなら死んだほうがマシだったたってのか？」

間下が言った。矢能はため息をついた。

「あいつは、刑務所《ムショ》はもう飽きた、と言ってた。そのときに気づくべきだった」

本当は矢能は気づいていた。ただ、冨野の好きにさせようと思っただけだ。

「てめえが冨野を死ぬまで追い込んだんじゃねえのかよ？」

秦はソファーの背もたれにふんぞり返ってニヤニヤ笑っていた。

「そうかも知れん」

矢能は言った。

「だが、俺には冨野が佐村を殺したという確信は得られなかった」

これは完全に嘘だった。

「そもそも冨野には、佐村を殺さなきゃならないほどの動機がない」

「たしかにな」

二木が言った。全員の眼が秦に向いた。

「だから俺だってのか？　あ⁉」

秦が声を上げた。

「俺には殺す必要がねえって言ってんだろうがよ！」

「お前は佐村を引退させようとしてたってことか？」

浅木が言った。

「そうだよ。俺は佐村を脅してた。奴には引退するしか道はなかったんだよ！」

勝ち誇ったように秦が言った。

「だから俺には佐村を殺す必要がない。佐村を殺したのが冨野だろうと他の奴だろうと、俺には全く関係ねえってことだ」

「なにをネタに脅したんだ？」

間下が言った。

「娘を取り上げるぞ、って言ってやったんだよ。あいつが馬鹿みてえに可愛がってる他人の子を、本当の親に返せってな」

秦は、矢能が佐村夫人から聞いたのと同じ内容のことを得意げに喋った。聞いた誰もが不快な表情を浮かべていた。

「実の母親を見つけるのは簡単だったぜ。佐村の子分が殺した相手の女房だからな。事件の記録を調べりゃすぐにわかった。まぁロクでもねえ女だったけどな。その女にカネをやって、佐村に見つけられねえように囲い込んで、あとは弁護士に任せてりゃよかった」

「薄汚《うすぎたね》えな……」

浅木がポツリと言った。

「ヤクザ者《もん》のやるこっちゃねえ」

間下が言った。

「古いタイプのヤクザはやらねえだろうがな、暴力に頼らずに頭を使って目的を達成する。いまふうのヤクザだって言ってもらいてえな」

秦は開き直ったように嘯《うそぶ》いた。

「すぐにも引退するのがわかってるってえのに、なんで俺がわざわざ殺さなきゃならねえんだ？　あ？」

「佐村が引退を決めた場合はな」

矢能は言った。

「だが、もし娘を諦める決意をしたとしたら……」

「そんなことはあり得ねえ！」

秦が声を荒らげた。

「なんであり得ねえんだ？　佐村は娘ができる何十年も前からヤクザなんだぞ」

浅木が言った。

「佐村が、どんだけ娘を溺愛してたと思ってんだ？　あいつは娘のために、ヤクザを辞めようとしてたこともあったんだぞ！」

秦の言葉に閻下が首を振った。

「そうだとしても、こんな薄汚え野郎の脅しに屈して引退に追い込まれるのだけは、我慢がならなかっただろうぜ」

「違う！」

「もし、娘への愛より脅してきた野郎への怒りが勝《まさ》ったとしたら……」

矢能は言った。

「叔父貴に全てを話して狩り出そうとしただろうな」

「そうなったらもう、佐村を殺すしかなくなる」

浅木が言った。

「違う！」

秦の顔にはもう余裕の欠片《かけら》もなかった。

「そうか、あの日、佐村が俺に内密の話があるといったのはそのことか！」

二木が声を上げた。

「だからそれを伝える前に佐村は殺された」

間下が言った。

「違う！　引退を伝えに行こうとしてたかも知れねえじゃねえか！」

秦の言葉はほとんど悲鳴に近かった。

「佐村は死んだ。それがどっちだったかは、もう誰にもわからん」

矢能は言った。

「俺の調査はここまでだ」

ソファーから起ち上がる。

「あとはあんたらで判断してくれ」

そう言ってドアに向かった。

「嘘だ！　殺《や》ったのは冨野だ！　だから自殺したんだ！」

秦が起ち上がる。その背後に素早く歩み寄った外崎の眼は怒りに満ちていた。

「冨野の動機は？」

二木が言った。

「知らねえよ！」

吐き捨てた秦が矢能に追い縋る。

「探偵、本当のことを言え！」

すかさず外崎が秦を羽交い絞めにした。秦は外崎を振り払おうともがいた。間下が起ち上がり、その巨体で秦の進路を塞いだ。

「た、頼むから本当のことを言ってくれ！」

秦の絶叫が矢能の背に刺さった。

「本当はわかってんだろう⁉　俺がやってねえことも、冨野がなんで殺したのかも、本当は全部わかってんだろうがよぉ⁉」

矢能はドアを開けたところで立ち止まり、振り返った。

「俺はそこまで名探偵じゃない」

部屋を出てドアを閉めた。

6

織本未華子とは午後四時に、前回と同じ新宿東口の喫茶店で会うことになった。

矢能が店に着くと、やはり前回と同じく彼女は先に来て喫煙席で待っていた。ただきょうはテーブルの上にパンケーキの皿はなかった。

「調査は終了した」

矢能は言った。水とおしぼりを運んできた女性店員に炭火焙煎珈琲を注文する。

「美咲は、どうなったんですか？」

女性店員がいなくなると彼女がそう訊ねた。

「残念ながら、やはり亡くなっていた。殺した犯人は昨夜自殺した」

「！」

彼女は息を飲み、やがて風船の空気が抜けるように力なく首を垂れた。そして沈黙が続いた。

涙こそ見せないものの、茫漠《ぼうばく》たる思いに捕らわれているように見えた。矢能は煙草に火をつけ、運ばれてきたコーヒーを啜った。

「なんで、なんで美咲が殺されなきゃならなかったんですか？」

ようやく彼女が声を発した。矢能は知り得た全てを話した。長い話になった。

脅迫のメールを送っていたのは美咲の亭主だったことを告げると、彼女は怒りに唇を噛み締めた。

「おそらく妹さんが脅迫の件をあんたに話したのは、相談したんじゃない。あんたを疑ったからだ。佐村のことは、あんたにしかついていない嘘なんだからな。あんたにぶつけて反応を見ようとしたんだろう」

「あの子は、わたしを疑ったまま死んだんですね……」

彼女の瞳から涙がこぼれた。

「いや、西田紗栄子がそうじゃないと教えたそうだ」

これは嘘だった。矢能のちょっとした優しさだった。

「それを信じてくれたんならいいけど……」

「妹さんは、西田紗栄子の言うことはなんでも信じた」

「……………」

彼女は自分に言い聞かせるかのように、無理をして唇に笑みを浮かべて見せた。

そのあとはずっと黙ったままで矢能の話を聞いていた。

「結局犯人は死んだし、その男の自供を聞いたのは俺だけだ。その男の自殺についてはすぐに報道されるだろうが、妹さんを殺したと遺書に書き残してでもいないかぎり俺の言ったことを証明する方法はない。俺を信じるかどうかはあんたの自由だ」

最後に矢能はそう言った。

「信じます」

彼女は言った。

「わたしからおカネも取ってないのに、あなたがそんな嘘をつく理由がわかりませんから。調べたけどわからなかった、で済む話ですよね？」

力ない笑みを浮かべる。

「ただ、一つだけわからないのは……」

「ん？」

「なぜ美咲は、わたしに佐村さんとつき合ってるなんて嘘をついたんでしょう？」

「西田紗栄子から聞いたところでは」

矢能は言った。

「妹さんはあんたに劣等感を抱いていた」

「え？」

「妹さんの眼には、あんたは美しく、頭がよくて、人に愛される性格をしてる。そう映っていた」

「え？」

「それに比べて自分は馬鹿で、わがままで、なにも誇れるものがなかった」

「そんな……」

「派手なメイクで着飾って、男にチヤホヤされるくらいしかあんたに対抗する方法がなかった。だが、あんたはそんなことにはなんの関心も示さなかった」

「いえ……」

「あんたはいい大学を出て、一流の企業に就職し、充実した人生を送っているように見えた。ますます劣等感は大きくなっていった」

「………」

「あんたよりも先に結婚して幸せになる。それしかあんたを見返す方法はない。そう思った。だからあんたが結婚相手に選びそうな、堅実で真面目そうな男と結婚した」

「ほ、本当ですか？」

「西田紗栄子が嘘をついたんじゃなければな」

「……………」

本当は、西田紗栄子が使った言葉は「軽蔑」だった。早川美咲は、憧れている姉の自分に向ける態度に、ずっと「軽蔑」を感じていた。それが妹の劣等感からくる思い込みなのか、それとも姉が無意識に見せていた本心なのかは織本未華子と会ったことがない西田紗栄子には見えなかった。

いまさら、そんな妹の思いを姉に突きつけてみても意味はない。矢能はそう思っていた。

「だが、そんな結婚が上手くいくはずもなかった」

矢能は話を続けた。

「夫が望んでいたのは姉のような女性だ。彼女はそう感じた。離婚が避けられないのなら、それは自分が捨てられたのではなく、自分の浮気が原因だった。あんたにだけはそう思わせたかった。だから嘘をついた」

「そ……」

「架空の浮気相手は誰でもよかったんだろう。たまたま近くに佐村がいただけだ」

「信じられない」

彼女は言った。

「わたしはずっと、美咲の生き方を羨ましく思っていたのに……」

それが本心なのか嘘なのか、矢能にはわからなかった。

7

依頼人と別れて喫茶店を出ると、外崎に電話を入れた。途中で携帯に着信があったのを無視していたからだ。

「なんだ？」

「すぐに本部に戻っていただけませんか？　会長がご相談したいと……」

「わかった」

相談の中身もわかっていた。

二階の会議室に残っていたのは二木と外崎だけだった。

「ご苦労だった」

二木が言った。

「秦は破門にしたぞ」

矢能はソファーに腰を下ろした。二木の言葉は続いていた。

「表向き、佐村を殺したのは死んだ冨野ってことで処理したほうが神戸にも話が通りやすいんでそうするが、秦をこのまま燦宮会に置いとくわけにゃあいかん。あいつの遣り口は気に喰わねえ。俺は古いヤクザだからな」

「だろうな」

矢能は応えた。

「秦と冨野の若い衆は全員、本部の預かりにしてある。いずれそれぞれの組の若頭《かしら》に新しい組を興させる」

「ああ」

「秦は近いうちに行方不明になりそうな気がします」

外崎が言った。

「佐村《おやじ》を殺していようといなかろうと、あんな手ェ使って佐村《おやじ》を引退に追い込もうとした野郎にまで、一人前に空気吸わしとくのは地球環境によくないですからね」

「お前がそう思うなら」

矢能はそう言った。

「だがな、まだお前の仕事が終わったわけじゃねえぞ」

二木が言った。

「俺のための仕事は、俺が安心できる状況を作る、そうだったよな？」

「…………」

「理事のうち佐村と冨野と秦がいなくなって、残ってるのは浅木と間下だけだ。俺が安心できるとでも思うか？」

「あんた次第だ」

「お前が二代目佐村組の組長として理事長になれ。それで万事解決だ」

「断る」

「な、なんでだ⁉」

「俺はヤクザに戻るつもりはねえし、あんたの子分になりてえとも思わねえ」

「こっ、この野郎！」

「次の理事長は澤地だ。それしかない」

「あ⁉」

「あいつなら浅木を抑え込めるし、間下は喜んで澤地につく。それならお前も佐村組を継ぐ気になるんじゃねえのか？」

外崎に向かって言った。

「受けてくれますかね？」

外崎が言った。

「あいつは俺を恨んでんじゃねえのか？」

二木が不安げな顔をした。

「じゃあ俺が話をしてやる」

矢能は携帯を取り出して澤地の携帯を鳴らした。

「あんたか、どうした？」

すぐに澤地が出た。

「理事長として燦宮会に戻ってくれ。叔父貴がそう言ってる」

矢能はそう言った。

「あ⁉」

澤地は、信じられない、という声を出した。

「冨野は死んだ。秦は破門になった。間下は無害だ。楽勝だろ？」

「な、なにをしたんだあんた？」

「別に」

「…………」

「あんたにも言いてえことはいろいろあるだろうが、叔父貴は頭を下げて頼んでるんだ。黙って受けてやれ」

矢能は澤地に意地を張らせない言葉を探した。

「そうすりゃ佐村もあの世で安心する」

「ああ……」

澤地はしばらく考えてから言った。

「どうやら俺は、あんたに礼を言わなきゃならねえようだな……」

「必要ない」

矢能の言葉に微かな笑い声が返ってきた。

「あんたが誰かの力を必要とするときがあったら、俺がいることを最初に思い出せ」

澤地が言った。

「そんなときがあったらな」

矢能は電話を切った。

燦宮会の本部を出たときには、すっかり夜になっていた。谷繁に電話をかける。

「見張りは終了だ。もう帰っていいぞ」

「え？　もういいんスか？」

「ああ、片づいた」

「じゃあ、俺がシオちゃんを自宅まで送り届けますよ」

「シオちゃん？」

「いやー、シオちゃん最高っスよねぇ」

そんなことは知っている。

「俺がずっと外で待ってるのは可哀相だっつって家に上げてくれたんスよ」

「そうか」

「そんでね、お腹《なか》が減ってるだろうって、シオちゃんが俺にオムライスを作ってくれたんです」

「あ⁉」

「それがね、まぁうまいんスよ。玉子は破れちゃったりしてるんですけどケチャップでごまかしたりなんかして、ご飯もちょっとベチャッとしてましたけど味はとにかくうまいんスよ」

矢能の奥歯がギリッと音を立てた。俺はそんなもん喰ったことねえぞ。

「帰れ」

「いやいや、俺がシオちゃん送っていきますって」

「俺が迎えに行く。いますぐ帰れ」

「けど……」

「殺すぞ」

そのまま電話を切った。

8

六番町に着くと、婆さんの家の前にＢＭＷは駐まっていなかった。

「本当にもう連れて帰っちゃうのかい？」

玄関で矢能を見るなり婆さんが言った。

「ああ。世話になった」

「まだいいじゃないか。もうひと晩だけ、ね？　もうひと晩だけ泊まってってくれてもいいだろう？　後生だよ」

婆さんは、合わせた両の掌をすりすりして矢能を拝んだ。

「もうじきゴールデンウィークだ。そんときには何日か泊まりに来させる」

矢能は言った。

「ホントかい？　絶対だよ。約束だからね」

ようやく矢能は家に上がることを許された。

「シオちゃんいま寝てるからね、起こさないであげておくれよ」

婆さんが声を潜める。

栞は居間に置かれた冬は炬燵《こたつ》になる和テーブルに突っ伏して寝ていた。和テーブルの上には散らばったクレヨンと、画用紙に描かれた絵が載っていた。

「上手だろ？　シオちゃんは才能があるよ」

婆さんはにっこり微笑んだ。

「じゃあ、ちょっとお茶を淹れてこようかね」

婆さんが居間を出て行くと、矢能は画用紙を手に取った。少し震えがきた。かなり眼つきの悪い男の顔が描かれていた。そして、その絵の右側には、「おとうさん」の文字があった。変な音が喉から漏れた。

いまの顔を、誰にも見られなくて良かった。矢能は心からそう思った。

解説

市川力夫（ライター）

「ニュースを見ていると、酷《ひど》い犯罪ばかりじゃないですか。奴らは何にも考えてないからダメなんです。僕は日々、合理的で成功率の高い犯罪を考えてますからね」

この発言は長年数々の犯罪を犯しながら、まだ一度も逮捕されたことがないというプロの犯罪者に取材したとき聞いたもの。……というのは嘘で、いまから三年ほど前に僕が仕事をしている映画雑誌『映画秘宝』の取材中、木内一裕さんがサラッと放った発言。柔らかい口調といたずら小僧のような笑みをたずさえながらも「冗談半分ですよ〜」なんていうぬるいニュアンスは微塵もなし。漫画、映画、小説と活動の場は関係なく、抜群に面白い〈悪い奴らの悪巧み〉を描き、常に読者または観客の予想を裏切る悪巧みをしてきた木内さんならではの物騒きわまりない発言。僕は心底シビれたのだった。

それから少し経って『バードドッグ』の単行本が発売された。書店で平積みされた本を手に取ると、帯に「悪党が考えそうな悪巧みの筋書きは全部知っている」と書いてある。僕は書店員が怪しむほどニヤニヤしながらレジへ直行した。

本書は木内一裕さんの小説第八弾。物語は元ヤクザの探偵・矢能政男《やのまさお》が忽然と姿を消したヤクザの組長を追うというものなんですが、実は長年の木内一裕ファンにとっては「待ってました！」という作品。というのも、矢能といえば木内さんが一九九七年に「きうちかずひろ」名義で撮った映画『鉄と鉛』から生まれた常連キャラクター。というわけで、まずはこれまでの矢能を振り返ってみようと思う。

矢能の初登場は先述したとおり映画『鉄と鉛』。どう見積もっても日本映画史に残る傑作です。物語は元刑事の探偵が、とある事件をきっかけにヤクザから死刑宣告を受けるところからスタート。探偵に残されたリミットはたったの一晩。死刑執行までの時間を探偵が誰と会い何をして過ごすか、ピッタリ張りついて監視するヤクザこそ、矢能政男その人。そして探偵と行動をともにするうちに友情ともいえる感情が芽生え、監視役から相棒となっていく……。

ちなみにこの作品で矢能を演じたのは成瀬《なるせ》正孝《まさたか》さん。七〇年代以降の東映ヤクザ映画に出ずっぱりだった成瀬さんは、『仁義なき戦い』シリーズの大ファンを公言している木内さんの理想ともいえるキャスティング。蚊さえ寄りつかなそうなオッカナイしかめっ面に、すらりと伸びた手足。そのシャープにもほどがある立ち姿はまるでナイフのように鋭利で最高にカッコよかった。

その後、矢能は『鉄と鉛』の小説版『水の中の犬』の二話目、「死ぬ迄にやっておくべき二つの事」で木内ワールドに再登板。続く三話目の「ヨハネスからの手紙」では命を狙われる少女・栞《しおり》の保護を探偵から押し付けられる羽目になり、エピローグでは身寄りを失った栞との同居と、探偵業を開始したことが判明！「武士道と云うは死ぬ事と見つけたり」を地でいくような生き方をしてきた男に、突如として舞い込んだ守るべき存在。エピローグでありながら矢能という男の第二の人生が幕を開けることの粋な展開は、いま思えば木内さんの最高な悪巧みのひとつだった。

木内一裕ファンが驚いたのが、小説三作目の『アウト&アウト』。なんとこの作品で矢能が主役に出世！　前作で託された栞も冒頭から「大人なのにほとんど働かないで毎日ブラブラしてるのはカッコ悪いと思います」と矢能を正論でコテンパンにするほどに。ヤクザ社会の中でさえ誰もが一目置く矢能も、栞には頭が上がらないのだった……。この元ヤクザと賢く可愛い小学二年生のやりとりは可笑《おか》しくも、殺人の濡れ衣を着せられた矢能が反撃に出るという物語はすさまじくハードコア。気づいたらとある政治家を中心とした巨大な陰謀が手を広げていて、一ページ先がどう転がるのかまったく読めない恐ろしくも哀しい物語だった。

かなり駆け足でこれまでの矢能を振り返ってみた。とはいえ、一連の「矢能シリーズ」をすっ飛ばして本書を手にとった人もご安心を。本書からでもまったく問題なく楽しめます。……って、だいたいこういう解説を読むと、「そんなわけないだろ！」って思いますよね。でも、僕は木内さんの小説に関してだけはハッキリ「大丈夫」と断言できる。というのも、そもそも木内さんの小説は、キャラクターに関する説明がほとんどない。言動だけでキャラクターを物語っていく。それなのに不思議とキャラクター像がクッキリハッキリ見えてくる。思えば木内さんが「きうちかずひろ」として描いていた漫画『BE-BOP-HIGHSCHOOL』だってそう。僕が生まれる前から連載していたのに、途中参加の僕でも脇の脇の人物でさえどんな奴だか手に取るようにわかった。だからどこから読んでも面白い。

さて、本書『バードドッグ』は先述した通り、ヤクザの組長が失踪したことで、矢能のもとに調査依頼が舞い込んでくるところからスタートする。とはいっても、第一章のタイトルが「失踪じゃない」。待ってました、この感じ！　今度の木内さんはいったいどんな悪巧みを考えているんだろう？

いつにもましてページをめくる手が止まらない。気づいたらこれまでの木内小説の中で、もっとも速く読み終えてしまった。そして、しばらく経って興奮が冷めた頃に「やられた！」と気づいたことがあった。

暴力描写がない！

容疑者は全員ヤクザ。矢能も元ヤクザ。見渡す限りヤクザ&ヤクザ。いってみれば『野生の王国』ならぬ『ヤクザの王国』。なのに、組長の死体が出てきた唯一といってもいい陰惨なシーンでさえ、匂いの描写はあれど実際の死体に関しては矢能の「グチャグチャじゃねえかよ!?」などの発言のみ！

その代わりに増量したのがビー・バップファンには嬉しい台詞の応酬。そのスピード感と不良性感度の高い言葉選びはもはや達人の域で、読後は『仁義なき戦い』を観たあとのように思わず口調がうつってしまいそうになるほど。

そんなわけで今回の矢能は探偵らしくオーソドックスな聞き取りを重ねていく。繰り返されるヤクザvs.元ヤクザの舌戦。ここで、虚勢を張りまくりながら右往左往する男たちがどんどんチャーミングになってゆくという「ビー・バップ」からおなじみの木内マジックが発動する。

チャーミングといえば、小学三年生らしからぬ気の使い方を心得る栞ももちろん健在。というより明らかにパワーアップしていて、なんと本作では矢能の晩酌の際、キンキンに冷えたグラスを用意するという高い女房力を発揮している。そんな栞に関わったすべての人が、等しく栞にメロメロになっていく姿もまたとびきりチャーミングだった。

というか、この小説全体を包むムードがなんだかとってもチャーミングで、いってしまえばこの小説は前代未聞のチャーミングなヤクザ小説なのだ。

さっきからチャーミング、チャーミングと馬鹿の一つ覚え状態に突入していることは自覚しています。とにかく僕が言いたいことはただひとつ。『アウト&アウト』のときに味わった「こんな続編アリかよ！」という感動が、違った形でもう一度味わえるなんて！　ということ。またまた完全にやられました。本当に木内さんという人は悪巧みの天才です。

本書は二〇一四年七月に小社より刊行されました。

|著者| 木内一裕　1960年福岡生まれ。'83年、『BE-BOP-HIGHSCHOOL』で漫画家デビュー。2004年、初の小説『藁の楯』を上梓。同書は'13年に映画化もされた。他の著書に『水の中の犬』『アウト&アウト』『キッド』『デッドボール』『神様の贈り物』『喧嘩猿』(すべて講談社文庫)、『不愉快犯』『嘘ですけど、なにか?』(ともに講談社)がある。

バードドッグ

木内一裕《きうちかずひろ》

2016年10月14日第1刷発行

発行者――鈴木　哲
発行所――株式会社　講談社
東京都文京区音羽2-12-21　〒112-8001
電話　出版 (03) 5395-3510
　　　販売 (03) 5395-5817
　　　業務 (03) 5395-3615

Printed in Japan

講談社文庫

定価はカバーに
表示してあります

デザイン―菊地信義
本文データ制作―講談社デジタル製作
印刷――豊国印刷株式会社
製本――株式会社国宝社

ISBN978-4-06-293522-7

講談社文庫刊行の辞

　二十一世紀の到来を目睫に望みながら、われわれはいま、人類史上かつて例を見ない巨大な転換期をむかえようとしている。

　世界も、日本も、激動の予兆に対する期待とおののきを内に蔵して、未知の時代に歩み入ろうとしている。このときにあたり、創業の人野間清治の「ナショナル・エデュケイター」への志を現代に甦らせようと意図して、われわれはここに古今の文芸作品はいうまでもなく、ひろく人文・社会・自然の諸科学から東西の名著を網羅する、新しい綜合文庫の発刊を決意した。

　激動の転換期はまた断絶の時代である。われわれは戦後二十五年間の出版文化のありかたへの深い反省をこめて、この断絶の時代にあえて人間的な持続を求めようとする。いたずらに浮薄な商業主義のあだ花を追い求めることなく、長期にわたって良書に生命をあたえようとつとめるところにしか、今後の出版文化の真の繁栄はあり得ないと信じるからである。

　同時にわれわれはこの綜合文庫の刊行を通じて、人文・社会・自然の諸科学が、結局人間の学にほかならないことを立証しようと願っている。かつて知識とは、「汝自身を知る」ことにつきていた。現代社会の瑣末な情報の氾濫のなかから、力強い知識の源泉を掘り起し、技術文明のただなかに、生きた人間の姿を復活させること。それこそわれわれの切なる希求である。

　われわれは権威に盲従せず、俗流に媚びることなく、渾然一体となって日本の「草の根」をかたちづくる若く新しい世代の人々に、心をこめてこの新しい綜合文庫をおくり届けたい。それは知識の泉であるとともに感受性のふるさとであり、もっとも有機的に組織され、社会に開かれた万人のための大学をめざしている。大方の支援と協力を衷心より切望してやまない。

一九七一年七月

野間省一

松岡圭祐
水鏡推理Ⅳ〈アノマリー〉
気象庁と民間気象会社の予報の食い違いによる悲劇。人命軽視の霞が関に瑞希《みずき》が斬り込む！

大沢在昌
海と月の迷路(上)(下)
軍艦島で若き警官が禁断の捜査を開始。不審死の真相に驚愕する。吉川英治文学賞受賞作

葉室 麟
紫 匂 う
昔契りを交わした男との再会。朴念仁と思っていた夫の優しさ。揺れる人妻が貫く義とは？

西村京太郎
十津川警部 長野新幹線の奇妙な犯罪
会社経営者を狙った誘拐事件が連続して発生。事件を解くカギは、長野新幹線「安中榛名」。

香月日輪
地獄堂霊界通信⑥
椎名が桜咲く山で出会った不思議な女。何かを探しているが、それが何か分からないという。

笹本稜平
駐在刑事 **尾根を渡る風**
奥多摩の温かい自然と人が、降格された元刑事を再生する。山岳警察小説、第2弾！

井川香四郎
御三家が斬る！
葵のご紋のお墨付き！ 型破りの殿様三人が徳川の世をたたっ斬る。痛快道中記。〈文庫書下ろし〉

牧野 修
巴 亮介 漫画原作
ミュージアム〈公式ノベライズ〉
ヤングマガジン連載、大反響を呼んだ傑作漫画をサスペンスホラーの名手がノベライズ。

木内一裕
バードドッグ
元ヤクザの探偵・矢能に依頼された、超難事件。最も危険な探偵の物騒な推理が始まる。

樋口卓治
続・ボクの妻と結婚してください。
亡き修治の心残りは、息子のことだった。涙の嵐を巻き起こした『ボク妻』衝撃の続編！

内田洋子
皿の中に、イタリア
食とともに鮮やかに浮かび上がる、イタリアの人々の暮らしと人生を描く滋味深いエッセイ。

遠藤武文
原 調
年間交通事故数53万件、警察も見逃す不審事故の真相を損保査定員・滋野《しげの》隆幸《たかゆき》が暴く！

講談社文芸文庫

湯川秀樹

湯川秀樹歌文集

細川光洋選

日本初のノーベル賞受賞者は、古典漢籍に親しみ、好んで短歌を詠んだ。理論物理学者としての業績とは別の、人間味溢れる姿を伝える随筆と歌集「深山木」を収録。

解説=細川光洋

ゆC1

978-4-06-290325-7

鈴木大拙

スエデンボルグ

キリスト教の神秘主義神学者・スエデンボルグの主著『天界と地獄』の翻訳に続き、安易な理解を拒絶するその思想の精髄を、広く一般読者に伝えるために著した評伝。

解説=安藤礼二　年譜=編集部

すE2

978-4-06-290324-0

講談社文芸文庫編

個人全集月報集

武田百合子全作品／森茉莉全集

武田泰淳の妻で後に『富士日記』などのエッセイで読者を魅了した武田百合子と、森鷗外の長女で今も多くの愛読者をもつ森茉莉。二人の女性作家の魅力的な横顔。

こJ41

978-4-06-290326-4

講談社文芸文庫ワイド

不朽の名作を一回り大きい活字と判型で

安岡章太郎

月は東に

戦後が強いる正しさとは一線を画す個人の倫理を模索する傑作長篇。

解説=日野啓三　作家案内=栗坪良樹

(ワ)やC1

978-4-06-295508-9

栗本　薫　水曜日のジゴロ〈伊集院大介の探究〉
栗本　薫　真夜中のユニコーン〈伊集院大介の休日〉
栗本　薫　身も心も〈伊集院大介のアドリブ〉
栗本　薫　聖者の行進〈伊集院大介のクリスマス〉
栗本　薫　陽気な幽霊〈伊集院大介の観光案内〉
栗本　薫　女郎蜘蛛〈伊集院大介と幻の友禅〉
栗本　薫　第六の大罪〈伊集院大介の飽食〉
栗本　薫　逃げ出した死体〈伊集院大介と少年探偵〉
栗本　薫　六月の桜〈伊集院大介のレクイエム〉
栗本　薫　樹霊の塔〈伊集院大介の聖域〉
栗本　薫　木蓮荘綺譚〈伊集院大介の不思議な旅〉
栗本　薫　新装版 紘《いと》の聖域
栗本　薫　新装版 ぼくらの時代
黒井千次　カーテンコール
黒井千次　日の砦
倉橋由美子　よもつひらさか往還
倉橋由美子　老人のための残酷童話
倉橋由美子　偏愛文学館
黒柳徹子　窓ぎわのトットちゃん 新組版

久保博司　日本の検察
久保博司　新宿歌舞伎町交番
久保博司　歌舞伎町と死闘した男〈続・新宿歌舞伎町交番〉
工藤美代子　今朝の骨肉、夕べのみそ汁
黒川博行　燻り
黒川博行　てとろどときしん〈大阪府警・捜査一課事件報告書〉
黒川博行　国境
久世光彦　夢あたたかき〈向田邦子との二十年〉
黒田福美　ソウルマイハート
黒田福美　となりの韓国人〈傾向と対策〉
倉知　淳　星降り山荘の殺人
倉知　淳　猫丸先輩の推測
倉知　淳　猫丸先輩の空論
熊谷達也　迎え火の山
熊谷達也　箕《み》作《つく》り弥《や》平《へい》商伝記
鯨　統一郎　北京原人の日
鯨　統一郎　タイムスリップ森鷗外
鯨　統一郎　タイムスリップ明治維新
鯨　統一郎　富士山大噴火

鯨　統一郎　タイムスリップ釈迦如来
鯨　統一郎　タイムスリップ水戸黄門
鯨　統一郎　MORNING GIRL
鯨　統一郎　タイムスリップ戦国時代
鯨　統一郎　タイムスリップ忠臣蔵
鯨　統一郎　タイムスリップ紫式部
倉阪鬼一郎　青い館の崩壊〈ブルー・ローズ殺人事件〉
倉阪鬼一郎　大江戸秘脚便
久米　宏 久米麗子　ミステリアスな結婚
轡田隆史　いまを読む名言〈昭和天皇からホリエモンまで〉
草野たき　透きとおった糸をのばして
草野たき　猫の名前
草野たき　ハチミツドロップス
黒田研二　ウェディング・ドレス
黒田研二　ペルソナ探偵
黒田研二　ナナフシの恋〈〜Mimetic Girl〜〉
黒木　亮　アジアの隼
黒木　亮　カラ売り屋
黒木　亮　エネルギー (上)(中)(下)

講談社文庫　目録

黒木　亮　冬の喝采(上)(下)
黒木　亮　リスクは金なり
熊倉伸宏　あそび遍路〈おとなの夏休み〉
黒野　耐《たえる》　「たられば」の日本戦争史〈もし真珠湾攻撃がなかったら〉
楠木誠一郎　火除け地蔵〈立ち退き長屋顚末記〉
楠木誠一郎　聞き耳地蔵〈立ち退き長屋顚末記〉
群像編　12星座小説集
玖村まゆみ　完盗オンサイト
草凪　優　ささやきたい。ほんとうのわたし。
草凪　優　わたしの突然。あの日の出来事。
草凪　優　芯までとけて。最高の私。
黒岩比佐子　パンとペン〈社会主義者・堺利彦と「売文社」の闘い〉
桑原水菜　弥次喜多化かし道中
朽木　祥　風の靴
けらえいこ　ハヤセクニコ　おきらくミセスの婦人くらぶ～
けらえいこ　セキララ結婚生活
玄侑宗久　慈悲をめぐる心象スケッチ
玄侑宗久　阿修羅
小峰　元　アルキメデスは手を汚さない

今野　敏　ST警視庁科学特捜班　エピソード1〈新装版〉
今野　敏　ST警視庁科学特捜班　毒物殺人〈新装版〉
今野　敏　ST警視庁科学特捜班〈黒いモスクワ〉
今野　敏　ST警視庁科学特捜班〈青の調査ファイル〉
今野　敏　ST警視庁科学特捜班〈赤の調査ファイル〉
今野　敏　ST警視庁科学特捜班〈黄の調査ファイル〉
今野　敏　ST警視庁科学特捜班〈緑の調査ファイル〉
今野　敏　ST警視庁科学特捜班〈黒の調査ファイル〉
今野　敏　ST為朝伝説殺人ファイル〈警視庁科学特捜班〉
今野　敏　ST桃太郎伝説殺人ファイル〈警視庁科学特捜班〉
今野　敏　ST沖ノ島伝説殺人ファイル〈警視庁科学特捜班〉
今野　敏　ST化合　エピソード0〈警視庁科学特捜班〉
今野　敏　ギガース〈宇宙海兵隊〉
今野　敏　ギガース2〈宇宙海兵隊〉
今野　敏　ギガース3〈宇宙海兵隊〉
今野　敏　ギガース4〈宇宙海兵隊〉
今野　敏　ギガース5〈宇宙海兵隊〉
今野　敏　ギガース6〈宇宙海兵隊〉
今野　敏　特殊防諜班　連続誘拐

今野　敏　特殊防諜班　組織報復
今野　敏　特殊防諜班　標的反撃
今野　敏　特殊防諜班　凶星降臨
今野　敏　特殊防諜班　諜報潜入
今野　敏　特殊防諜班　聖域炎上
今野　敏　特殊防諜班　最終特命
今野　敏　茶室殺人伝説
今野　敏　奏者水滸伝《そうしゃすいこでん》　阿羅漢集結《あらかんしゅうけつ》
今野　敏　奏者水滸伝　小さな逃亡者
今野　敏　奏者水滸伝　古丹《こたん》、山へ行く
今野　敏　奏者水滸伝　白の暗殺教団
今野　敏　奏者水滸伝　四人、海を渡る
今野　敏　奏者水滸伝　追跡者の標的
今野　敏　奏者水滸伝　北の最終決戦
今野　敏　フェイク〈疑惑〉
今野　敏　同期
今野　敏　欠落
今野　敏　警視庁FC
今野　敏　蓬萊〈新装版〉

講談社文庫　目録

講談社文庫　目録

2016年9月15日現在